大江健三郎人生成长散文系列

致新人

〔日〕大江健三郎 著

竺家荣 译

人民文学出版社

著作权合同登记号　图字01-2020-1558

图书在版编目（CIP）数据

致新人 /（日）大江健三郎著；竺家荣译 . -- 北京：
人民文学出版社，2021（2021.7 重印）
（大江健三郎人生成长散文系列）
ISBN 978-7-02-016064-8

Ⅰ . ①致… Ⅱ . ①大… ②竺… Ⅲ . ①散文集－日本
－现代 Ⅳ . ① I313.65

中国版本图书馆 CIP 数据核字 (2020) 第 016474 号

责 任 编 辑　甘慧　王晓星

出 版 发 行　人民文学出版社
社　　　址　北京市朝内大街 166 号
邮 政 编 码　100705

印　　　刷　上海盛通时代印刷有限公司
经　　　销　全国新华书店等

开　　　本　787 毫米 × 1092 毫米　1/32
印　　　张　5.625
字　　　数　74 千字
版　　　次　2021 年 2 月北京第 1 版
印　　　次　2021 年 7 月第 2 次印刷

书　　　号　978-7-02-016064-8
定　　　价　45.00 元

如有印装质量问题，请与本社图书销售中心调换。电话：010-65233595

大江健三郎——为新人讲述智慧和教训的"拉比"

许金龙

　　记得是二〇〇七年的八月底至九月初，以色列著名作家阿摩司·奥兹先生偕同夫人前来中国社会科学院外国文学研究所进行学术访问，在一次午餐的餐桌上，这位老作家说起希伯来民族在历史上曾遭受诸多劫难，多次面临种族灭绝、文化消亡的危险，却总能在非常危难的险境下繁衍至今。究其原因，就是在任何时期，群居的希伯来人都会推举族群里最有知识和智慧的长者担任拉比，将历史、法典和智慧一代代传承下来。即便在今天的以色列这个现代国家里，拉比在社会生活中仍然扮演着非常重要的角色。当时我便插话说道："奥兹先生，您以及大江健三郎先生、君特·格拉斯先生、爱德华·萨义德先生等人都是当代的拉比，在不停地为人们讲授和传承着历史、知识和智慧，当然，更是在不停讲述着历史的教训以及我们面临的危机。"奥兹先生当时似乎没再拘泥于礼节，用提高了许多的嗓门大声说道："对！对！正是如此！"

这里说到的大江健三郎先生，就是你们正要阅读的这套丛书的作者、诺贝尔文学奖获得者、日本著名作家大江健三郎。这位可敬的老作家今年已经八十四岁了，在自己的人生中积累了许多经验和教训，为了把这些经验和智慧以及感受到的危险告诉人们，特地为他所认定的新人，也就是象征着希望和未来的青年们，陆续写下了《在自己的树下》《康复的家庭》《宽松的纽带》以及《致新人》这四部随笔作品，并且请夫人根据文章的具体内容绘制出非常漂亮的彩色插图。遗憾的是，这套中译本丛书的出版者出于设计上的考虑，没有放入作者夫人的插图，但已请了国内插图画家精心绘制了封面图，这也是想让这套丛书展现出全新面貌的一个尝试，期待我们的读者会有较好的反馈。

当年在为前三部随笔撰写中文版序言时，大

江先生希望与"妻子一道，从内心里期盼这些作品也被翻译成中文并在中国出版……悄悄期盼着将来有一天能够把这四本书汇编成一套系列丛书"，而且，老作家"现在正想象着，这四本书汇编成一套丛书后，被中国的孩子以及年轻的父母们所阅读时的情景。在并不久远的将来，在东京，在北京，抑或在更为广泛的各种场所，假如阅读了这套丛书的日本孩子、中国孩子（那时，他们和她们已然成长为小伙子和大姑娘了吧），能够围绕这套丛书进行交流的话……啊，对我来说，这是至高无上的、最为期盼的梦境"。让老作家感到欣慰的是，由活字文化、九久读书人、人民文学出版社联合引进的这套《大江健三郎人生成长散文系列丛书》（全四卷）就要与中国的读者见面，他想要讲述的知识和智慧将被孩子们继承，他想要告知的历史将被孩子们传承，他想要告诫的危险亦将引发孩子们警觉……在孩子们的人生成长过程中，大江先生的这些讲述想必将发挥积极作用。

大江先生出生于日本四国地区一座被群山和

森林围拥着的小村庄，人生中的第一位"拉比"是家里的一位老爷爷——曾外祖父。这位曾外祖父年轻时经由日本古学派大儒伊藤仁斋的学系专门修习过儒学，其后终生从事儒学的教学和传播，并为襁褓中的健三郎命名为"古义人"，祈愿这个婴儿能够承接亚圣孟子的民本思想。当然，随着你们的成长，将会在《被偷换的孩子》和《愁容童子》等系列长篇小说中邂逅名为"古义人"的主人公，还可以从这位主人公的言行中，发现大江先生的先祖曾大力传播的民本思想和义利观……

大江先生的第二位"拉比"，是家里一位名为"毛笔"的老奶奶。这位老奶奶向儿童时代的大江极为生动地讲述了当地历史上的几次农民暴动，还述说了那片森林里的神话故事和民间传说，使得小小年岁的健三郎下意识地将自己的同情寄予为求生存而被迫暴动的农民，同时将那些暴动故事和森林中的神话改编为本人的故事，由此开始了自己的"文学创作"。

老奶奶去世后，母亲接替了老奶奶曾扮演的

"拉比"这个角色。这位勇敢的母亲不去理睬战争时期那些宣传极端国家主义的所谓"国策"书籍，却从家里并不富余的粮食里取出一部分，徒步前往很远的地方换来《尼尔斯骑鹅旅行记》和《哈克贝利·费恩历险记》，使得少儿时期的健三郎得以沉浸在美妙的文学世界里。战争结束之后，母亲取出原本作为敌国文学而偷偷藏匿在箱底的《鲁迅选集》送给少年大江，作为他由小学升入初中的贺礼。由此，大江开始了对鲁迅文学作品不曾间断的阅读。七年后，大江考入东京大学，邂逅了人生中另一位"拉比"——法国文学专家渡边一夫教授，开始沐浴在人文主义的光辉之下……

在人生不同时期的"拉比"引导下，少年大江掌握了适合自己的学习方法，学会了慈爱、悲悯和宽容，同时形成了不畏强权、坚持真理的个性。在这一过程中，青年大江与热恋的姑娘由佳里小姐组建了家庭，有了他们共同的孩子，开始尝试着学习自己的那些"拉比"，把悲悯和宽容、知识和智慧教授给下一代，及至成为作家后，又将这一切反映在包括这套丛书在内的文学作品里。

在谈到如何更好地处理家庭成员间的关系时，大江先生根据自己的体验和感受，在你们将要阅读的《宽松的纽带》中这样写道：

我的两个发育正常的孩子一天天长大，他们很自然地开始支配自己的自由时间了。也就是说，他们正逐渐从我和妻子身边独立出去。看着这一变化过程，有时我眼前会出现一种充满真实感的影像，仿佛在我和儿子、妻子和女儿、女儿和儿子之间有一条宽松的纽带，把我们每一个家庭成员相互连接在了一起。尤其是次子已经长大成人，即将成为一名循规蹈矩的公司职员，假如连接我和他之间的纽带绷得太紧，他肯定无法忍受，我也会疲惫不堪的。

因此，我们家庭成员之间的联结，就像一条宽松的纽带，总是松弛地垂着，然而，必要的时候，一方就会轻轻一拽，让对方靠近自己，或者自己顺着纽带走近对方。即使不依靠这条纽带的引导，也能用眼睛确认对方所在的位置。这样的连接方式就更不会产生束缚感了。而且在生活中，若是面临犹如立于万丈悬崖般的危急关头时，万一一方将要滑落下去，另一方则可以从容地站稳自己的脚跟，以便用力拽住对方……

我现在把这个用宽松的纽带维系起来的家庭想象得非常美好。只是长子大江光有残疾，今后也不能独立生活，我们夫妻只能和他共同生活下去。其实我们觉得这倒是件幸运的事，尽管知道这种感情出于自己的私心。可以说连接着我和光以及妻子之间的纽带虽然不总是紧绷着，但也没有松弛地垂到地上。

日本自古以来就有一句谚语，表示世上存有三件可怕之事：地震、打雷、父亲！日本的父权思想之盛由此可窥一斑。不过在大江先生的家里，这条宽松的纽带取代了如同地震和打雷一般可怕的父权，将家庭成员温馨地连接在一起的，是父亲所给予的最大程度的慈爱和尊重。正是在这种充分尊重家庭成员的共同体里，半个多世纪以来，大江先生一直用慈父的爱心关爱着罹患智力障碍的儿子大江光，在你们将要阅读的《康复的家庭》一书里，当这位父亲面对"世界各国的康复医学专家"发言时，就曾"讲述了如何确切地揣摩弱智儿童的心理，以及这对于和还不会说话的儿子的共同生活，具有多么重要的意义；又讲述了后来我们通过孩子感兴趣的野鸟的叫声，开始了与他的交流，并且把这个过程写进了小说……如何表现我这个残疾儿子？如何解读在实际创作的过程中，残疾儿童与家人的共同生活？这些成为我的小说文本的双重文学课题。就是说，残疾儿子降生这一事件构筑了我的文学主题"。

起始于自家智障儿的文学关注和关爱，很快就扩展和升华至被其称为"新人"的世界各国少年儿童，为了他们不再惨遭南京大屠杀、广岛长崎原子弹轰炸和奥斯威辛集中营等二十世纪的人道主义灾难，为了不让他们因日本悄然复活国家主义并导致再次走向战争之路而遭受屠戮，这位老作家不断地向孩子们发出警告。在你们将要阅读的《致新人》中，这位老作家就如此告诫大家："我们虽然享受了科学进步的恩惠，但是科学家造出的核武器等带来了可能毁灭我们的危险。大量化学物质有可能使地球的环境变得人类无法居住，就连环绕地球的大气，都受到了科学生产出来的东西的影响。对于生活在科学不断发展中的人类来说，这是非常重大的问题。"尤其在二〇一一年三月十一日发生的东日本海大地震、大海啸和福岛核电站大爆炸这一连串天灾人祸之后，老作家更是在现实生活中和文学文本里奔走呼号："人们啊，千万不要过于依赖核电站等最新科技设备而忽视其可能造成的巨大隐患乃至危险和灾难，更是不要提纯核电站的乏燃料制造核武器……"

自不待言，大江先生的这种高贵品质尽管为所有拥有良知的人所赞许，却也让另一部分人恼怒异常。你们将要阅读的《在自己的树下》中，大江先生这样告诫孩子们："早在你们出生之前——直到现在，就有人提出要写出新的历史教科书，他们现在都是和我同龄的老人了。他们说这是为了日本的孩子们，也就是为了你们，能够拥有一种尊严。他们打算怎么去写呢？那就是从历史教科书上，把有关日本侵略过中国以及亚洲国家的内容统统抹掉！"这里所说的想要从教科书里删除侵略历史的老人们，就属于恼怒异常的那部分人了。

这类人不仅要删改教科书中的相关历史记述，还把大江健三郎这位诺贝尔文学奖获得者、象征着人类文明和良知的老作家送上了法庭被告席，理由是大江先生在五十多年前出版的《冲绳札记》里，有部分内容谈到在二战末期，面对美国军队的进攻，日本军队曾强令冲绳当地居民集体自杀。在保守团体的支持下，曾参加冲绳之战的原日军军官及其遗族于二〇〇三年起诉《冲绳札记》的作者大江健三郎先生，说该书中的相关表述没有事实根据，要求停止出版并进行赔偿……

面对挑衅，大江先生没有逃避，而是选择了战斗，表示要将这场战斗一直打到底。这种"横眉冷对千夫指，俯首甘为孺子牛"的品质，让我们无法不联想到另一位可敬的作家——鲁迅先生。所以，在倾听大江先生这位"拉比"时，我们不但要善于学习大师的知识和智慧，还要继承他为了真理而战斗到底的优良品质。

二〇一九年十月十八日
于绍兴会稽山麓

目录

黑柳女士的"敲锣打鼓队"

1

今年正月在家里听广播时，听到了一个让我们全家人兴奋的消息：黑柳彻子女士获奖了，这个奖是某报社为奖励对社会做出重大贡献的人士颁发的。

一直以来，这个奖项都是颁发给广岛原子病医院院长重藤文夫博士的。由于每次颁奖都由我来介绍获奖者的生平事迹，所以每年年初，我都会和妻子谈起重藤先生，这位值得我们敬重的人物会使我们在过去的一年中，萌生出一些新的思考和感受。

我第一次见到重藤先生是在四十年前。要想

确认这个时间，只要问一下旁边的光[1]"你今年几岁了"就行了。光是六月出生的，出生时头上带着个大瘤子样的东西。八月我去了广岛，是重藤先生叫我不要逃避，给予我这个年轻的爸爸以莫大的鼓励。

我有幸能和重藤先生进行长时间的谈话，缘于我在广岛时多次去该医院采访。我想要向重藤先生了解：在广岛遭受原子弹爆炸伤害的病人，是经历了怎样的痛苦逐渐走向康复的——当然死去的人更多——以及重藤先生如何与难以治愈的病魔进行斗争。

重藤先生自己也是原子病受害者，但是他没有畏缩，从受伤的那一天起，他就开始为遭受原子弹爆炸伤害的人们进行治疗。面对接踵而来的新难题，他一直不懈地斗争着。尽管先生只给我讲述了他所经历的事情，我依然从中获得了勇气。从广岛回到东京后，我和年轻的妻子决心要为了

---

[1] 作者的儿子，患有唐氏综合征。——译者注（本书注释如无特别说明，均为译者注。）

光的成长而不惜付出一切。

从我正写作的这个书房，可以看见被雨打湿的树枝上长出了冬芽，硬硬的，却又给人以柔软的感觉。这情景使我联想起和重藤先生来往的那些日子，先生说的每一句话，都像这细雨般滋润了我的心田。

2

黑柳彻子女士作为联合国儿童基金会的大使，常年奔走于世界各地，探望生活在贫困和苦难中的儿童，给他们送去温暖，让日本人民了解这些儿童的悲惨处境。黑柳女士有两件宣传武器，那就是电视和文章。黑柳女士是个执着的人。最让我感动的是，尽管黑柳女士从事这个工作这么长的时间，但每次黑柳女士在电视上做新的讲演时，都能够看到她为新探访到的贫苦儿童再一次落泪。

我给黑柳女士写去贺信，还让妻子在信上画了一束花作装饰。默默坐在一旁的光，也谱写了一首题为《绕口令》的曲子。光和我一同参加黑柳女士的电视节目时，黑柳女士能听懂他的话，为他说的话开怀大笑。这首曲子写的就是这件事。虽说只写了开头几小节，我也把它一同寄了去。

黑柳女士回信说：

"我试着唱了唱那首歌。不过，我说话真有那么快吗？"

3

过后不久，我去某地演讲。看到听众中有小学高年级和初中的学生，我就把准备好的讲稿中只有成人能听懂的部分删掉，换成了别的内容。换上的是一小段童话故事。这是我事先写在本子上，准备在被邀请参加黑柳女士获奖庆祝会时朗读的，结果没用上。这个本子我一向不离身，旅行的时候也把它和其他要读的书一起带在身上。

我这个故事是读了黑柳女士最近出版的书之后写的。

恐怕大家都读过黑柳女士的《窗边的小豆豆》吧。那个女孩子总是站在窗边，等着敲锣打鼓队过来，好马上告诉在教室里学习的同学们。

出于写小说的习惯，我总爱把看过的故事凭

着记忆在自己脑子里加以重新编排。于是，我想象那个女孩子"后来"怎么样了。

女孩子站在窗边等待敲锣打鼓队过来。只要来学校，她就会一直站在那里等。敲锣打鼓队一直没有来，女孩子依然在等。她就那么一直站在窗边，执着地等着敲锣打鼓队到来……

敲锣打鼓队终于过来了！

大家可能对敲锣打鼓队不太熟悉[1]，这是对从前的宣传队的亲切叫法。一般以三四个人击打锣鼓为节奏，其他还有拉三弦琴、弹吉他、拉手风琴、吹单簧管的。乐手们都穿着古装列队而行。我和小豆豆一样大的时候，我家所在的村子太小了，没有敲锣打鼓队来，我去邻村的时候遇见过，当时我觉得那阵势实在是好看得不得了。

女孩子终于等来了敲锣打鼓队，她告诉了教室里的小伙伴们，大家都跑到了窗前。这时，发生了一件从未发生过的事。以往在上课时去看敲锣打鼓队的话，都会挨老师的骂——不过，对于

1　着重号为原书所加。下文同。

把等敲锣打鼓队看得比什么都重要的那个女孩子，老师也无可奈何——而这次老师不但没有责骂大伙儿，反而兴致勃勃地跟着看起来。

后来大家都出了教室，跟在敲锣打鼓队后面走起来。那个女孩子自然走在最前面，就如同《捕鼠人》[1]的传说一样，全校同学都参加了进来。还有老师们，连校长也加入了敲锣打鼓队行进的队伍。所有的孩子和老师从没有像现在这么快乐过。

夜幕降临了。这就好比人生。孩子们一个个离开了队伍，老师们也一样，都回家去了。

只有那个女孩子没有回家。她一直跟在敲锣打鼓队的后面走啊，走啊。后来她被接纳为正式成员，得到了个"将军"的绰号——嘴唇上边贴了个小胡须，她一边学单簧管，一边参与敲锣打鼓队的工作。

后来，半个世纪后的今天，把那个女孩子培养成了骨干成员的敲锣打鼓队走到非洲大陆去

---

[1] 《格林童话》中的故事。

了！他们咚锵咚锵地敲打着，走进了深受艾滋病折磨的儿童住的医院里去了。

他们还行进到了阿富汗难民住的帐篷里，看见一个踩到地雷而失去了一条腿的孩子——据说到那样危险的地方去捡烧火用的干树枝是孩子们的活儿——正在练习用假腿走路。孩子告诉他们，等战争结束后他要回到村子里去，给家里放羊。他们听了，咚锵咚锵地敲起了锣鼓，用音乐给他以鼓舞。成了"将军"的女孩子吹得一手好听的单簧管……

4

说起来，敲锣打鼓队这个词含有贬低这个职业的意思。我们这个国家，明治以来一直有许多大户人家信仰基督教。一个生长在这样家庭的女子写了一本书，记录了一个地方教会里的某一家人的故事。

弘男上校从海军退役后，移居到了麻里父亲居住的地岩国，在当地一个中学里当了一名教师。儿子勇唯一会做的事情就是模仿敲锣打鼓队，于是，他每天都陪着儿子散步，俩人一边走一边模仿敲锣打鼓队。这父子俩成了当时地岩国的一道风景。我是听教会外的人给我讲的。一般说来，有残疾人的家庭都不会让残疾者到外面去的，即所谓"关禁闭"。因此，这位父亲出人意料的做法就成了人们的笑料。当地人都说："这父子俩好像还挺自豪的呢。"（高仓雪江著《追忆往昔》，新教出版社）

我对故事里的残疾儿子勇和他父亲的"敲锣打鼓游行"产生了共鸣。而且，居然被载入了恰如其书名的《追忆往昔》之中，可见更需要勇气了，我很钦佩他。光上小学的时候——已经是三十年前的事了——社会上对残疾儿童的态度不像战前那么歧视了。我们一家的生活一直是以光为中心的，带他出门时也是这样。但是，光在学校或上下学的途中，还是会受到健康儿童的嘲笑和恶作剧。

每当这种时候，在另一所小学上学的妹妹——哥哥上的学校有特殊学生班级——就会小声地发出"不怕，不怕"的声音给自己打气，她想要保护哥哥不受别的孩子欺负。

　　我上小学和中学时都没有固定在一个班级里待过，也没有在有残疾学生的机构里服务过，所以无法对教育现状和孩子们的心理发表什么意见。我只能通过自身的经验，以及阅读世界文学作品得来的知识发表言论。除报刊之外，我没有接受过育儿和教育方面的任何"心理咨询"，收到了这类信件，虽说觉得过意不去，也从没回过信。

　　我曾向一位和我同在一个游泳俱乐部的心理学教授请教过关于光的教育问题，他对我说：

　　"您家以光为中心的生活模式，对于其他两个孩子会不会造成心理问题呢？"

　　当时，我嘴上不置可否，心里却有着坚定的信念。我和妻子一直都是将我们生活的重心放在光身上的。因为我们相信这是自然而然形成的，为了光这么做，对于家庭每一个成员都是必不可少的，光的弟弟妹妹也不例外。

黑柳女士的『敲锣打鼓队』

9

我认为我们这么做是正确的。妹妹很小的时候，就能嘴里嘟囔着"不怕，不怕"，去跟男孩子们抗争，简直令人难以置信。现在她已经长成了一个温柔的女人，在自己力所能及的范围内，尽心体贴着哥哥，却尽量不表现出来。透过这温柔，看得出那句"不怕，不怕"就像纪念章闪烁出来的微弱光芒，至今仍然强有力地支撑着她，她已经长大了，成了一名普通市民。

　　弟弟从大学理工科硕士毕业后，当了一名农药制造公司的研究人员。我们认为，和光的共同生活，对他的品格形成给予了积极的影响。我和妻子从他上大学时起，就把每天护送光去福利工厂上班的任务交给了他，并且一直持续了很长时间。

　　弟弟在家时从不和哥哥说话，每天早上去福利工厂的路上——要乘坐汽车和电车——他们哥俩是怎么度过的呢？我想象不出来。不过，妻子凭着对弟弟的了解，很信赖他，她是一边照料着光，一边陪同弟弟从上补习班一直奋斗到考大学的。

很长时间之后，我和妻子从电视台拍摄的生活录像里，才第一次看到了他们去福利工厂途中的真实情况。光自顾自地悠然走在前面，弟弟保持着一定的距离，跟在后面，看起来似乎是沉浸在自己的思考之中，但是一旦发生情况，他随时都会挺身而出的。

到了工厂大门外，光径直走了进去，弟弟便转身往回走。在通往地铁站的路上，和来工厂上班的工友们擦肩而过时，弟弟会跟对方寒暄，虽不那么热情，但还是很得体的。

撞头的故事

1

自从写作《在自己的树下》以来，我有了一个新的发现。那就是，我时常会因某件偶然的事，想起自己小时候和父母在一起时的情景，并由此引出与当下相关联的"问题"来。

虽说如此，我并非要纠正以前多次写过的和父亲之间很少说话的说法。我的父亲就像那个年代日本大多数做父亲的一样，在家里时话很少。

但是回想起来，我还是得到过父亲以他特有的方式给予我的、特别是通过母亲传达给我的关注，只是我没有意识到而已。

这就是说，通过把自己小时候的事情写下来，我给自己的记忆打开了一条新的管道，而那里曾经是一面封得严严实实的墙壁。

我上面这些话不是对你们这些孩子说的，而是对和你们一起看我的书的大人们说的，您能否也去尝试一下寻找一条通向自己小时候的管道呢？

依我看，您给家里的长辈写写信之类的方式也许会有效。

2

我下面要写的，在通过这条新管道逐渐清晰起来的回忆中，算得上是件奇妙而滑稽的事情，就是小时候我经常会把脑袋撞得生疼的故事……

现在大家住的房子大多是新式住宅。日本人的住宅自太平洋战争后，仅仅过了半个世纪，就起了巨大的变化。我生长在森林环绕的村庄里，小时候住过的房屋早就没有了。不过，侄子一家在原地新盖的房子和原来的房屋构造很相似，它唤醒了我对小时候生活片断的记忆。这座房屋是侄子的父亲，也就是我的大哥盖的，当然比原来的老房子要亮堂多了。

我从前的家已经不存在了。宽敞的土间¹面向马路，它的宽度就是这座房屋的宽度。收获栗子的季节，农户们把挑选好的栗子送来，土间铺的席子上，栗子堆得像小山一样。把它们按品种和品质分类及装箱的作业一直持续到深夜。人们在马路对面的作坊里，对栗子进行杀虫处理后，送往大阪的市场。

　　这个作坊里还有一个机械——它是父亲画出图纸，请人制作出来的——用于将干燥后的造纸币原料黄瑞香真皮，打压成很大的长方体，以便运输。

　　土间的一侧有一条直通后面房间的通道。通道的右边是外廊，沿着通道依次是茶室、父亲记账的房间，然后是比一般人家要宽敞的厨房。厨房里并排有两个大炉灶，还有水井和水池子。厨房这么大，是因为活儿忙的时候，要给很多来帮工的人做饭。再往里去是内室兼工作间的入口，在那里把黄瑞香真皮结成一个个小捆，然后送到

----

¹　土间：日式房屋中没有铺席的地面。

前面的土间去打成大捆。就是这样一条细长昏暗的通道。

我从学校回来后，要先向在内室干活的父亲问安，然后到朝着河的小房间去复习功课，或跑到山下的田头上，坐在自己搭在树上的小木屋里看书。每次问安，父亲只是抬头朝我看上一眼，又埋头继续干活。我每次一进家门，总是习惯性地跑进这段黑黑的通道。

在跑向内室的途中，我的头总是会撞到厨房和记账房之间突出的横梁上，撞击的力量很大，虽说还没到被撞倒或撞出眼泪的程度，也疼得我直哼哼。每次撞了头，我都是慢慢调整好呼吸后，才拉开工作间的拉门，向父亲问安。每当这时，父亲总是用有些诧异和好奇的目光打量我。他当然不会开口问我碰疼了没有。我头又疼，又气恼，赶紧缩回自己看书的地方去了。

为什么自己三番五次地撞头呢？不是明明知道那儿有根横梁吗？

我不禁可怜起自己来，可是不出一个月又犯了同样的错误。

撞头的故事

15

3

父亲去世一年后，我从母亲嘴里知道了父母对于我一再撞头的事其实一直是很担心的。那段时间，家里还残留着丧事的气氛，我在家里已经不那么跑了，可还是撞到了脑袋。因为已经没有可问安的人了，所以"咚"的一声挨了撞之后，我就钻进自己的小屋里生闷气，这时，母亲从隔壁的厨房过来给我讲了这些事。

母亲说，她担心我老这么撞脑袋会影响智力发育，要父亲跟我说一下，不要在黑黑的过道里跑，可父亲说，头盖骨就是保护脑子的。还说，他跑得那么快，说明他喜欢那么跑，叫他别跑他做得到吗？

我猜想父亲说完肯定又接着干活了，而且，每次我撞了头，母亲一定会跟父亲念叨的。

母亲告诉我说，后来父亲对她说了一番只有父亲才会说的话。

用我的话来概括的话，大意如下：

我小时候也经常犯这类错误，吃了不少苦头。渐渐长大后，这样的错误就越来越少了。我曾经想过为什么会发生这种变化呢？大人个子高，低下头才能过去的地方，小孩儿不低头就能过去，不过，要是一蹦一跳地不好好走路，就会撞头。

　　这样反复几次之后，他脑子里就会预见下面将要发生的事情，就会清醒地预感到这样跑会撞头，而不只关注当下身体的动作。

　　习惯于这样预见的话，就不会再撞头了。这个习惯是多次撞头后才形成的。这孩子一而再、再而三撞头的这段时期，父母怎么嘱咐他也不管用啊。

母亲还是不甘心，对父亲说：

"告诉他那儿有横梁，总可以吧？"

"他连这都不懂吗？"

母亲说到这儿，脸上露出了近来少有的笑容。

　　果然，随着个子渐渐增高，我反而不再撞头了。父亲说的那些话，对我越来越重要了，特别是从高中到上大学的那段时期。

　　我长大成人后，且不说身体的动作，用脑子的事情也经常失败，这就好比"咚"的一声撞脑袋那样的经验。若从中寻求positive的意义的话——我之所以使用这个英语，是因为这个词汇中含有"积极""建设性的""明智"等含义——可以说我是那种明知会失败也不气馁，还要继续尝试新事物的年轻人，或者说我就是那种性格的人更合适。

　　对于年轻时的我来说，失败分两种，一种是绝不能重复的可耻的失败；还有一种是尽管没有成功，也绝不后悔的失败。

　　后来，我长大成人，知道这样跑的话会撞头了，渐渐能够预见即将发生的情况了，能够用心来修正自己该怎么去跑了，至少对于跑本身更加谨慎了。

5

现在我也算得上是老年人了，我常常能够预感到自己正在做的事情和心理活动的发展前景。我认为锻炼这种能力对于从孩子长成小伙子和大姑娘，以及他们今后的成长都是极其重要的。

"这当然可以通过书本学到，但是，经历过撞头的痛苦经验而得到的能力才最有用。"我赞同父亲这个看法。

我小时候从学校回到家，自己也不明白为什么那么莽撞地跑进那条黑乎乎的过道。我猜想正在内室工作的父亲，每天都在听我的脚步声，如果平安无事，他就会松一口气的。

父亲干活时需要精力集中。农民砍下黄瑞香的嫩树枝，放进扣着大木桶的大锅里蒸、剥皮、干燥后，再放入河里浸湿，然后剥去厚厚的一层黑皮，最后将白色的真皮干燥后送到我家里来。只要有一点点黑皮没剥干净，就会造成纸张透色而不能用于纸币。所以，我总是看见父亲手里拿着把小刀在那儿刮，这是送交内阁印刷局检查的

撞头的故事

19

最后一道工序。

这时候，"咚"的一声撞了个响头的少年，慌慌张张地开门进来了。父亲脸上露出那种奇妙的表情也就不难理解了。可是当时在我看来，那诧异和觉得好玩的表情，让我有点儿反感……

6

经过这样积累经验，能够预见将要发生的事情，我称之为"超前"。

作为小说家，想象力对于我的写作来说具有举足轻重的作用。

"超前"意识也是一种想象力。想要知道一年后乃至十年后，自己以及自己周围的世界会变成什么样子，不是都要借助想象力吗？而想象眼前即将发生的事情也同样要借助想象力，我想大家会赞成我的看法吧。

一说到想象力，一般人首先想到用头脑去思考，其实猜想每天的生活中将要出现什么情景，也要靠想象力。

实际上对未来的生活抱有"超前"意识，也

致新人

是从过去的经历中得来的。从这个角度考虑的话，小时候撞个响头之类的失败，对孩子来说并不算一件坏事。

　　小时候我吃了不少苦头，一再重复同样的失败，但决不退缩——有时泄了气也很快打起精神——我现在才知道自己为什么会这样做了。

写给孩子们的卡拉马佐夫

1

我在一所中学讲演之后，收到了学生们写的听后感，其中一个女孩子这样写道：

"我决心要读一年前买的陀思妥耶夫斯基的《卡拉马佐夫兄弟》。"

我很想对这个孩子进行一些指导，但恐怕没有机会再去那个学校了，所以在这里写一写。我认为这部作品在世界文学中是非常优秀的小说之一。这部长篇对于成人来说也是很难啃的，因此，我专门琢磨过适合孩子们阅读的方法。

最初是为了指导一位前辈作家的女儿阅读此书。后来，我在柏林的日语补习学校，给学生指导过如何阅读《卡拉马佐夫兄弟》德语译本。应该从哪页读到哪页，中途需要重点理解时，应返回到哪页等，我把这些都一一记录在了卡片上。

这就相当于从茂密的小说之林中选出能让孩子——我考虑的对象是初中生到高中低年级——充分理解的某棵树一样。看起来不太容易，但就陀思妥耶夫斯基的作品来说，却是易如反掌。

我在那所中学，以学生的作文为题材给学生讲作文的写法、修改法，等等。我反复地讲了要特别注意准确使用标点符号，以及文章的换行问题。

收上来的作文中，有个男孩子写道：

"您结合作者的性格及其今后的生活方式，对文章的写作特点进行点评，请问是否有这个必要呢？"

我想先回答这个问题。写文章和说话有许多共同点。说话时准确地加入标点符号，就是说加入顿号和句号讲话的人，是能够勇敢而坦诚地面对说话对象的人。总是不结句，或者表达含混不清的人，不是说话之前没想好，就是有意糊弄对方。我认为这样的人不够诚实，没有面对人生的勇气。

　　我在那所中学还讲过，在写文章时要注意按不同的意思、不同的观点来划分段落，这是非常重要的。将这些段落一个个连接起来，展开自己的思考。如果不很好地归纳意义段落，就不清楚怎样和下面的论点相连接，对于读者尤其如此。该分段的地方没有分段，就会和下面的段落重叠，使思考陷于停顿，即头脑中的交通堵塞。因此，准确划分段落是第一重要的。

　　陀思妥耶夫斯基的长篇无一不是鸿篇巨制，而且每部小说都非常精确地按照内容进行分段。实际上，为方便孩子阅读，将《卡拉马佐夫兄弟》切割成中篇都没有问题。此外，我要强调的是，正是用这样的方式写成的小说里，蕴含着陀思妥耶夫斯基特有的小说细节的趣味性和贯穿整体的确切的表述。

2

　　《卡拉马佐夫兄弟》是与托尔斯泰齐名的俄罗斯十九世纪的大作家陀思妥耶夫斯基的最后一部

小说。卡拉马佐夫三兄弟的父亲被人杀害了，兄弟中的长兄德米特里受到怀疑，被逮捕判罪。他的同父异母弟弟中，伊凡是个对宗教有着深入思考的年轻人，像个学者。伊凡写的剧作《大法官》——构成小说的一部分——一般认为对于理解《卡拉马佐夫兄弟》具有重要的意义。大家上大学时，通读过这部小说的话，会觉得这一部分很令人深思吧。

兄弟中最小的阿历克赛——用俄罗斯人最常用的爱称就是阿辽沙——在相当于日本初中升高中的年龄，退了学，进了修道院。父亲被杀，长兄被逮捕后，他离开修道院，回归了社会生活。我推荐给大家的是这个阿辽沙和镇子上中学生之间的友谊的故事。

大家打开这部长篇的最后部分，第四部第十章《男孩子们》，从开始看起。这卷里详细描写了一个叫作柯里亚·克拉索特金的中学生。前面他也出现过——必要的时候，我会提示回看的页码——陀思妥耶夫斯基写第四部的时候已考虑到这一点，即使没有看过或者忘记了前面的内容也不会受影响。

柯里亚和寡母一起生活。他在人们的眼中是个聪明勇敢、"天不怕地不怕"的孩子。他总是特立独行，在班上很受同学们尊敬。

不久前，柯里亚瞒着伙伴们养了一条名叫彼列兹汪的狗，还教会它不少技艺。一个冬日，他第一次让大伙儿见到了这条狗，这是因为他要带这条狗去看望得了重病、不久于人世的低年级同学伊留莎。

途中柯里亚他们等着和阿辽沙会合。阿辽沙和中学生们的关系很亲密，他一直劝说他们去看望伊留莎，但他和柯里亚说话还是第一次。

于是，虽说只有十三岁，但见多识广、富有个性的柯里亚和阿辽沙交谈起来。他们谈话的内容生动丰富，主要围绕着一条名叫茹奇卡的狗展开。先是阿辽沙见到柯里亚带来的这条狗，就询问起来，柯里亚露出神秘的微笑，说："这不是那条失踪的茹奇卡。"接着，他说起了伊留莎以及大伙那么关心茹奇卡的原因。

柯里亚说话很有魅力。尽管出自一个孩子之

致新人

26

口，却可以读出陀思妥耶夫斯基的看法。作者在表现人的纯真美好的一面时，也没有忽略展现其肮脏丑陋的一面。特别有关孩子之间，友爱与反感是怎样错综复杂的精彩描写，可以使大家从中获得乐趣。

3

谈话中提到的用人斯麦尔佳科夫，在这部小说中扮演着重要的角色。在这里我想要说明一下，伊留莎觉得自己受斯麦尔佳科夫的唆使，对狗进行了"残忍卑劣的伤害"，把茹奇卡杀死了，因此自己才得了再也治不好的病。

柯里亚为什么会带上一直瞒着伙伴们的彼列兹汪，去看望贫穷的伊留莎，就不言自明了。然后，柯里亚他们从医生那儿得知，伊留莎已经病得不行了——伊留莎自己也很清楚这一点——我想大家会从这些出场人物的形形色色的表现与悲欢之中受到强烈的感动。

下面转到我编写的《卡拉马佐夫兄弟》的后半部分。为了大家能看懂前面不太明白的地方，

写给孩子们的卡拉马佐夫

我想请大家返回去看一下前面的两个部分。

一个是第二部第四章的与处于病态感情之中的中学生们发生关联这一章。从第二自然段的"可是，阿辽沙不能总是这样思考下去了"开始看到这一章的最后。我引用的是原卓也先生的译文。

这里首先描写了阿辽沙看到这伙中学生和河对岸的一个少年——还能够去上学的健康的伊留莎——互相扔石子的情景，才和他们发生了关联。

接下来从第六章第三段到第七章结束，会出现第一次出场的人物和大家不习惯的、听着费劲的对话，这是陀思妥耶夫斯基特有的写法，请大家忍耐着读下去。伊留莎的父亲，外号"丝瓜瓤子"，德米特里曾经欺辱过他，对这一暴力行为，伊留莎曾拼命抵抗过。这是和小说整体相关的人物关系，所以请大家现在将目光投向伊留莎和柔弱的父亲之间特殊的感情纽带上去。

下面看一看后半部最重要的部分。刚才看的第四章的结局，也可以说是整个小说的结尾，即"伊留莎的殡葬，石头旁的演说"这一章。这是描写生病的少年死了，阿辽沙和中学生们参加葬礼的场景。

开始的时候，父亲"丝瓜瓢子"说伊留莎希
望葬在路旁的石头下面，这使大家很为难。最终，
伊留莎下葬在教会的墓地后，阿辽沙和中学生们
一起来到那块石头旁，发表了庄重的演说。这个
演说是我迄今为止读过的许多小说中印象极为深
刻的内容之一。

在这个生病的孩子死去前后，哥哥的判决也
下来了，因此，阿辽沙要离开镇子了，这个演说
也算是他的告别词吧。

《卡拉马佐夫兄弟》到此为止是前一部小说，
其实应该加上描写十三年后发生的事件的另一部
小说，才算完成。陀思妥耶夫斯基开始写作时有
个整体的构思，但写出了现在的这部作品后不久
就去世了，所以没能完成另一部小说。

这里请大家注意的是，阿辽沙与中学生们分
别之前的演说，具有没有写成的后一部小说的前
言的意义。在石头旁发表深切怀念死去少年演说
的阿辽沙，十三年后成了一个什么样的人？听演
说的少年们后来怎么样了？作者之所以这样写，

是为了极力促使读者去想象这一切的一切。

首先阿辽沙讲述了对死去的少年的爱，现在怀着怎样的心情为他下葬，并要大家不要忘记所有这些。

"人们对你们讲了许多教育你们的话，然而，或许只有从儿童时代保存下来的美好、神圣的回忆才是最好的教育。如果一个人能把许多这类回忆带到生活里去，他就会一辈子得救。即使只有一个美好的回忆留在我们的心底，或许在某个时候，它就能成为拯救我们的一个手段。我们以后也许会成为恶人，无力克制自己去做坏事；也许会嘲笑人们流眼泪，恶毒地嘲弄那些像柯里亚刚才喊出的'我要为全人类受苦'的话。也许我们不会变成那样的人，但是，无论我们变得怎样坏，只要一想到我们曾经怎样安葬伊留莎，在他一生最后的几天里，我们怎样爱他，我们怎样一块儿亲密地在这块石头旁边谈话，那么，即使是我们中间最冷酷、最爱嘲笑别人的人，也不敢对于他在此时此刻曾经是那么善良这一点暗自加以嘲笑！不但如此，也许正是这个回忆，会阻止他做出最坏的坏事，使他改变主意，说：'是的，那个时候，我是善良的、勇敢的、诚实的。'"

柯里亚和少年们从心里赞成阿辽沙说的话，他们齐声表示要将伊留莎的回忆永远留在心中，一辈子手拉着手走下去。小说在他们齐声表决心之中结束了，这决心就是："卡拉马佐夫万岁！"

4

我和阿辽沙及其他孩子的看法不一样，我不认为伊留莎和大家死后都会复活，并快乐地相见。

但是，我意识到自己在过去的漫长人生中，一直是把自己对伊留莎的回忆，以及对许多伊留莎的回忆留在心中的，今后还会永远和这回忆手拉着手走下去。

成群结队的雅罗鱼

1

　　这是我小时候的故事，至今我还觉得不可思议。在我七八岁大的时候，只要水位涨得不太高，就能够沿着山谷里流淌的河，游到很远的地方去。从我家后门下山去河边，穿过竹林，沿河往上游去，那儿有块大岩石，足有两辆巴士叠起来那么大，每当我看到开进村里来的巴士，就会想起那块岩石。

　　从上游流下来的湍急水流撞上那块岩石，形成深渊。这深渊靠近岩石的地方使孩子们感到恐惧。岩石的水中部分被水流切削得犹如船帮，据说潜水下去的话，人的身体会被吸住。人们还说最深处的岩石被水流冲出一条通道，被它吸进去可就出不来了……

还有一种说法使我着了迷。在那岩石的中央，离水面三十厘米左右的地方，有一个瓶颈般的隧道，从上游沿着岩石流淌下来的水流，到了这个瓶颈，水就会倒流。所以，用手抓住瓶颈的突出部位，使身体稳定后再继续潜水，就能看见一条岩石裂缝，宽度刚好可以伸进一个小孩儿脑袋。裂缝的那一边，就像是一个水族馆。

不知从哪儿照射进来的阳光把那里照得亮晶晶的。能看见好几十条雅罗鱼朝上游方向游去，它们游得和水流一样快……

听人家这么一说，我真想亲眼瞧瞧这成群结队的雅罗鱼。打那以后，我无论上课还是在操场玩儿，就连在家里看书的时候也头脑发胀，什么也干不下去。

所以刚一放假，一大早，我就赶在孩子们还没来得及下河来玩儿之前来到河边。河面波光粼粼，河对岸，晨露把树林装点得碧绿青翠，我一边用捣碎的艾蒿叶擦净潜水镜，一边踏着浅滩上滑溜溜的石头，一个人朝着那块岩石方向往上游走。

2

　　我是下了好大决心才去探险的。大人们说小孩子在那块岩石附近游泳很危险。平时我给人的印象是个胆小、细心的孩子，也是一个喜欢自作主张的任性乖张的孩子。我一旦决意要做某件事，就会做出让家人和朋友都瞠目结舌的事来。通常事后我都会懊悔万分，搞不懂自己当时为什么非要那么做。真可谓性格天成，改也改不掉。我曾经被大雨困在森林中，加上又发了烧，自己一个人下不了山，三天后才被消防队救下山来。不管怎么说，小孩子孤身一人在森林里待到夜晚，也实在太出格了。

　　这天早晨，我下决心不管怎样也要把头探进那个瓶颈里面的岩石裂缝里，亲眼瞧一瞧那群雅罗鱼。我知道自己一旦下了决心，身体里就会勇气倍增，十头牛也拉不回来的。

　　只是决心下这么大，我却没能把"下这个决心有自己的正当理由"这句话说给自己听，或在

致
新
人

纸上写下来，这使我一直耿耿于怀。

那是上大学之后不久的事——说起来，我是第一个从森林环绕的村子里去东京上大学的人，这也是下了决心的——看了诗人、小说家中野重治年轻时写的一篇文章，我发现他准确地描述了和我当时同样的心理活动。

　　我前几天晚上路过传通院时，四周黑乎乎的，那里正在修路，碰巧又赶上下雨，我穿着长筒靴啪叽啪叽走路时，觉得那条泥泞的路好长好长。我就想"干脆咱就这么啪叽啪叽地走下去好了"，这么一想，勇气反倒陡然增加了。

3

　　我从浅滩躲着激流往上走，尽量不碰撞到岩石，也不离开岩石，但还是被水流冲下来好几次，好不容易才抓住了瓶颈的边沿。正如听说的那样，那儿有一条细细的逆流，手不扶着岩石也不会被水冲走。我好几次把头沉入水中，对那块岩石的

成群结队的雅罗鱼

35

裂缝进行“侦察”。那时候还是战争时期，小伙伴们玩“打仗游戏”、“侦察”敌人阵地时，常使用这样的战争用语。

然后，我深吸一口气，潜了下去，把头伸进了裂缝，并使劲往里伸。于是我果真看到了人们所说的那数十条雅罗鱼，它们就在我的眼前静静地游来游去。

每一条雅罗鱼都比我的手掌要长，银灰色，光溜溜的。它们用腮呼吸着，缓缓游动着，这一侧小黑点似的眼睛一齐朝我看过来……

这情景到现在还清晰地印在我的脑海里，可我却想不起来当时我是什么反应，做了什么动作，只有各种片断杂乱地浮现出来。

从那以后，我不止一次地回忆当时的情景。有时在梦中看到那情景，啊，原来是这么回事啊，我高兴极了。醒来后，发现是个梦，觉得很失望。

我从后往前回忆着，为了更接近雅罗鱼群，我记得好像是把头伸进了裂缝，又好像是被水流推进裂缝的。

就在我想看得更清楚时，突然头和下巴被岩

石紧紧卡住了。我想把头缩回来，却动弹不得。我又吃惊又恐惧，觉得自己就要被淹死了……

4

我还忘不了另一个情景——所谓心中冥想的情景，正如我在梦中看到的情景那样……

再难受我也得一动不动地待着，这样坚持下去的话，自己就能用鳃呼吸了，能在水里生活了，身体也会变成银灰色，长着小黑点样的眼睛。

恍惚间觉得自己成了雅罗鱼群中的一员，看见一个男孩儿卡在岩石缝里……

接下来的情形我记得很清楚。一双强有力的手抓住我那两条被水流冲得荡来荡去的腿，先往岩石缝里送了一下，然后横着一扭，再猛地一下拽了出来。我看见血从自己的脑袋上流了出来，在水中像雾一样升腾。

后来我就昏过去了，醒来后发现自己躺在深潭边的浅滩上，身体被水流冲得歪斜着。因为面朝上躺着，所以能呼吸，但是变了形的水镜压迫着眼睛，只看见一缕蓝色的天空。

浸在水里的那只耳朵听见有人从我身旁踩着浅滩上的沙粒，唰唰地走远了。

这是我的人生经历中最不可思议的一件事了。直到现在我仍然不知道把我从岩石缝中拽出来——我因而留下了左耳上的疤痕——的人是谁。

当时父亲还活着，所以说不定是他救的我。每天都坐在内室干活的父亲，想要休息休息，就去了河边。正站在那儿看景色时，看到了我鬼鬼祟祟的样子。有这种可能性。不过，就算他很快跳进河里，也来不及救我呀。

也可能是母亲看到我一大早心事重重地下河去，感觉不太正常，尾随我而来，搭救了我也未可知。母亲虽然个子不高，手却很大，一旦遇事，是个动作十分敏捷的人。

5

如果是父亲或母亲救了我，那应该成为家里人谈论的话题呀，大家也这么想吧。但是，即使发生了这件事，父母亲也有可能不对我说什么。在我眼里，他们就是这样的人。

特别是父亲，就算搭救了因孩子气的冒险而差点丢了命的儿子，他也不会对我说半个字的。

我在水里时的确难受得要死。我反省自己的失败，非常沮丧。父亲看到我这副样子，不跟我提起这档子事，很符合他的性格，平时他也不太跟孩子说话的。后来，父亲去世之前的两三年里，我一直没有勇气向父亲问起那件事。

我也没问母亲。头碰破了，也没敢吭声，从富山来的药商留下的药袋里找出消炎膏，自己抹在伤口上，结果化脓留下了疤痕。我也没让担心我的妹妹帮忙，自己费了好大劲儿抹上的，因为这都得怪自己。

而且也不能跟母亲说出自己这么干的理由。我一边从岩石缝里看美丽的雅罗鱼，一边想的是，即使再难受，就这么一动不动坚持下去的话，自己也能变成雅罗鱼群中的一员在水里生活了。

不仅如此，我还记得自己是下了决心要这么坚持下去的。

当脑袋被紧紧卡在岩石中，快要淹死时，我不但没有想办法逃生，反而期望与之相反的事。

如果没有那只大手把我拽出来的话，我就会被淹死在有两辆巴士叠起来那么大的岩石下，成为村子里一个新的传说。

如果救我出来的是母亲，那么把我放到浅滩上，确认我能呼吸后，就重重地踩着沙滩走远的也是母亲了。说不定母亲看穿了我在水里时脑子里想的什么，才这么做的呢。

也许母亲对这么一个因自己不小心而快要淹死的时候，还异想天开地在梦想、不努力自救的孩子，感到很失望吧。我的确那样梦想过。既然是这样，我想不论我怎么道歉，母亲也不会原谅我的。也许是出于羞愧，我才一直没有勇气问母亲吧。

6

我就是这么个懦弱的、爱钻牛角尖、又有些忧郁的孩子。可有时又是个凡事满不在乎，只要自己选定了一条道，就乐天地以为可以走得通的人。

我还没上小学时，日本在亚洲发动了战争。

我作为少年国民见证了日本不断陷入惨败的境地。最终败于那场大战后的日本，被外国军队占领时，我成了一名中学生。我的少年时代就是这样度过的。

我想，你们这些生长在今天的新一代，一定有更多的问题需要解决吧。我相信，你们也同样会具有超越这些难题，茁壮成长的素质。

因为这来自我自己的经验。

电池风波

1

多年来，我一直将脑子里儿时的记忆照原样写下来，有些细微的误会从中得到了纠正。每当出现一些难以忘却的痛苦回忆，却又被告知记忆有误时，就仿佛在那遥远的黑暗深处，突然点燃了一盏明灯。

然而，我也遭到过抗议：

"按常理小说是编出来的故事吧，那么既然是随笔，我们就会把它当作真实的故事来读。所以希望作者进行修改，向我们道歉。"

从我生长的村子沿河往上游走，有一个叫作小田的村镇。镇子背靠广阔的森林，生产大量优质的木材。我们把那里叫作小田深山。

致新人

我本是个对词语异想天开的孩子。所以我对深山这个词有着深刻的印象。加上从大人们那里听来的那些吓人的故事，我感到那茂密的森林充满了恐怖的魅力。大人们说，小孩儿要是进了小田深山就出不来了，有许多孩子死在那座山里了。我把这些回忆都写进了随笔里，在报纸上发表。

在报上登出后不久，一个自称在大阪生活的小田镇出身的人给我来了一封言辞激烈的信，信里说，他跟乡里的兄弟确认过了，他们从来没听说过那样的事，你所说的大濑这个村子[1]才让人觉得是个野蛮的地方。后来，家家都有了小汽车后，我请侄子带我去了一趟我一直臆想的小田深山的森林深处。这是一处修整得很美的森林。

2

前年夏天，我给知名的《纽约客》杂志写了一篇稿子。稍后不久，这家杂志所在的纽约，发生了世贸中心的恐怖袭击事件，因此这期"在

---

[1] 大江家所在的村子。

电池风波

43

世界各地与美国相遇"的特辑没有成为话题。我收到了一个年轻人——在美留学的同乡——发来的电子邮件，说我写的和他从父母那里听来的不一样。

先把我那篇随笔翻译过来：

"那件事发生在战败四年后的一个初夏。我跟着新制中学的英语老师到外地一个城市去。我们走进了美国占领军基地的大门，俩人都很害怕。在士兵谈话室里，我们吃着圆圆的面包——现在知道是汉堡包——听美国人表扬我的作文。奖品是一个大号电池，大得连老师拿着都费劲，于是老师让他们给寄到学校去。"

作文是为参加占领军当局搞的面向日本孩子的作文比赛写的。我还记得题目是《我们的将来》，要求用英语写。班里没有一个人愿意写，老师就指派我写。老师让我从课本里找出能表达自己想法的英文单词，把它们串联起来组成一篇作文。可是我觉得这不算自己写的，就费了番工夫自己来写，足足写了一个星期。

我记得在课本的最后部分——最终也没讲

到那儿——有一句"蚯蚓在蠕动"，我很喜欢wriggle这个动词，就使用了这个动词。奇怪的是，后来无论我看英文书，还是在美国大学与美国朋友交流，都没有再遇到过这个词，却能马上想起它的拼写。

不久，占领军的电池寄到了，因为没有地方可用，被放在了理科室里。

那个夏天的停战纪念日[1]的第二天，在洛杉矶全美游泳锦标赛上，日本运动员——大家知道古桥选手和他的队友吧——取得了好成绩。战败后，日本人和美国人比赛取胜了，真是破天荒的事情。

次日还有比赛，大家都盼着听广播，偏巧头天晚上下大雨，村里停了电。虽说是暑假期间，校长发话让理科老师使用那个电池收听广播。

在老师和村里的要人们面前，被接上电池的收音机爆炸了，这个消息立刻传遍了全村。

---

[1] 日本将8月15日定为停战纪念日。

　　我当时不在这一著名的收音机事件的现场。可是，由于时常听人提起，感觉就像自己亲眼所见一样。后来的故事，我也仅仅听说而已。

　　一个从上游村落来的、比我高一年级的少年，以理科成绩好而闻名。在我们的理科课上，他显得十分老练。他曾经把实验器具从理科室取来，用两根金属棒放电给我们看。可一轮到我们做的时候，不管怎么用力摇摇把儿也不放电。由于物资不足，清洗宝贵的试管也是他的事。

　　就是说，他很可能有理科室的备用钥匙。据说晚上他常常带着同学偷偷溜进理科室，将各种实验器具接到大电池上做实验。还听说，制作出了焰火般的效果。我那时非常羡慕他们，心里暗想，要是也让我成为他们做"实验"的观众就好了。

　　我联想起小说里读过的、那些特立独行的科学家做实验时发出的蓝色火花。我一遍遍地想象在理科室进行的"实验"，仿佛自己也亲临其境似的。我记得还给妹妹讲过，七彩的火花瀑布般散落着，发出咝咝的声音，能闻到一股橡胶的焦糊味儿。

入秋后，出现了一个传闻，说是理科室差点儿发生火灾。传闻说，有人反映近来深夜理科室常有亮光和声响，值班的老师就增加了巡视的次数。一次巡视中发现着了火，老师提了一桶水赶了去，发现早有四五个年轻人在那儿灭火，就和他们共同灭火，才没酿成火灾。

传言还在继续。校长把那个负责用电池做实验的少年叫了来，村里派出所的警察也在场。校长对少年说："在灭火的混乱中，电池被损坏了，由于电池是占领军的礼物，必须向他们汇报，宪兵队——相当于占领军的警察部门——来调查的时候，还要叫你来问话。"少年听了吓得不得了……

过了几天，少年逃回小田深山，不回来了——我记得很清楚，人家是这样说的。

少年的母亲很担心，她跑到学校和派出所来，气愤地嚷道：

电池风波

47

"不就是个电池嘛！"（意思是弄坏个电池有什么大不了的，用得着这么吓唬孩子吗？）

这件事又立刻在孩子们中传开了。

我在给《纽约客》的文章中还写到：

"几近疯狂的母亲，挖出了战败后村民们因害怕被占领军发现而埋进森林里的几杆枪，站在村头的大路上大叫大嚷，要拿着枪去找学校和警察说理去……"

4

我这才意识到，以前经常在我家门外那条街上，见到那个理科少年去商店或理发店，可是后来不管在学校还是在街上再没见过他。

我是个时而忧郁寡欢，时而侃侃而谈，尤其是看了书后就憋不住要讲给人听的中学生。有位老师认为这种性格得管管，经常揪住我训斥一顿。这一次，这位老师冲我说道：

"你得到了占领军的电池很得意吧？是不是你教唆那孩子用的？"

我心里咯噔一下。比这更让我难受的是那个

不见了踪影的少年的母亲，她从我家门前走过时，脸上总是现出悲哀而疲惫的表情。

其实我当时可以反驳那位老师说，保管电池的责任在学校。

但是，归根到底发生问题的电池寄到学校来，是起因于我的作文啊！

5

看了《纽约客》的文章后给我寄信的人说，那个弄坏电池、挨了校长和警察责骂的少年确有其人。可是，说少年因害怕询问而离家出走，逃进小田深山里迷路死亡却是无稽之谈。

少年在村里检查身体时，查出了当时来说令人恐怖的早期肺结核，休学一年。病好后上了高中，毕业后从事农业，一直身体健康。他运用电工知识，很早就在温室栽培方面做出了业绩。所以，您下次回乡省亲时，去当地的农业合作社确认一下吧。

　　我在回信中先写了前面我叙述过的那些内容，然后，表达了自己长久以来不能释怀的忧虑得以解脱的喜悦。

　　话说回来，五十年前，自己再有点儿勇气的话，就会追上那位痛苦的母亲告诉她，中学的那个电池是自己从占领军那儿得到的，并且对她说，自己虽然没有被邀请，可是对使用大功率电池做实验很有兴趣，很想去看的，可能的话甚至希望能参加做实验。

　　现在回想起来，我小时候的确一直是这样期盼的。我那时还是个年幼的孩子，很难说得出"少年死了——我相信这是真的——心里很难过"这类安慰人的话，不过，多少也应该能表达一下自己也有一定责任这层意思的。

　　我每次见到那位不幸的、显得十分苍老的女人时，就会躲起来，要是我能有点儿勇气的话……

　　如果那位母亲能告诉我，孩子并没有迷失在

致
新
人

森林里，正躺在床上养病呢，我就会轻松多了。我会去看望那个少年，和他成为好朋友，愉快地向他请教理科的问题吧，我这样想象着。

现在想来，"要是我能有点儿勇气的话……"这样后悔的事已经多得数不清了。

说实话，这个毛病虽是小时候有的，但至今我也没能改掉。要是小时候能抓住机会狠下决心改掉就好了。不应该把对自己的教育拖延下去，应该尝试着努力去改变自己的性格。

更有意思的是，给你们这些孩子写这些的时候，我忽然想到，"啊，也许现在改也不算晚吧"。

电池风波

没有获奖的九十九人

1

从第一届诺贝尔奖算起已经过去了一百年。前年，与诺贝尔颁奖仪式同时举办了"诺贝尔奖百年庆典"的活动。我们这些获文学奖的都读过彼此的作品，尤其是我和几位作家、诗人有信件往来或公开的对谈等，这次与他们重逢后度过了愉快的一周。

在庆典的讲演中，我对于托诺贝尔奖的福，世界上各种语言的小说和诗歌得以译成自己看得懂的文字，我的日文小说也翻译成了各国文字，表示了感谢。

参加此次庆典的文学家讨论的主题是《给二十世纪作证的文学》。在世界上的某个国家，某

个地方，人们现在是怎样生活的？有着怎样的苦
难与希望？对未来怎样想象？怎样记住过去？小
说、诗歌以及戏曲正是为了表现这些内容的。

我讲了广岛、长崎的原子弹受害者文学，倾
听了讲述现在世界上的人们受着什么样的苦难的
声音。在获奖者讲话之后的讨论中，一位从罗马
尼亚移居德国的年轻女性讲述了每当自己的国家
政治随着欧洲局势的转变而不断变化的时候，全
家人所遭受的磨难后，问道："人类究竟会不会
进步？"

德国的君特·格拉斯[1]，南非的纳丁·戈迪默[2]，
以及法籍华人高行健[3]，还有我都表情黯淡地面面
相觑。不言而喻，我们这些获得文学奖的人，都
是想要把自己对下一代的期望写下来而笔耕至
今的……

---

[1] 君特·格拉斯（1927—2015），德国作家，1999年诺贝尔文
学奖获得者。

[2] 纳丁·戈迪默（1923—2014），南非女作家，1991年诺贝尔
文学奖获得者。

[3] 高行健（1940—　），法籍华人。2000年诺贝尔文学奖获
得者。

2

诺贝尔奖里有物理、化学、医学生理等科学领域的奖项。这些完全不同于文学奖的获奖者中,有一些熟人,是在美国或德国召开的探讨世界上的核武器问题会议上认识的。

科学家和文学家这样聚到一起,有时自己也会主动去参加科学家们的聚会。通过这些聚会,我逐渐感到,科学领域的获奖者比文学领域的获奖者要精力充沛。

在日本驻斯德哥尔摩大使馆的午餐会上,大使发表了演说,他说我国政府为在不久的未来,产生出三十名诺贝尔获奖者——文学方面一般是十几年才能出一个,所以指的是科学领域——而投入了很大力量。

回国之后,在东京举办了诺贝尔奖百年展览会。瑞典大使馆也举行了招待会,负责科学技术政策的国务大臣热情洋溢地具体介绍了希望产生出多少科学方面的获奖者以及与此有关的方针。

在会上遇见了一位久违的瑞典朋友。他也是

小说家，是评选诺贝尔文学奖的瑞典皇家艺术学会这一人数不多的团体的成员。他负责发表对我的颁奖理由，并因此与我熟识，他对我说：

"健三郎，为了评选出诺贝尔文学奖的一个获奖者，我们要先选出一百名具有相当水平的候选人，再经过整整一年时间的讨论，才得出来的。我想科学领域也是一样的。

"能够进入一百人的候选人名单，已经是非常了不起的事了。与其以产生一个获奖者为目标，不如努力向一百人的候选人名单里输送更多的人，才是更有意义的教育。就像你在获奖时所讲的，为输送高品位的日本人制定目标吧。"

3

前年在东京举行的诺贝尔奖获奖者研讨会，也是基于产生更多的科学奖获奖者这一方针。在会上，虽然感觉"不合时宜"，我也发了言。为了使大多数关心科学的与会者即科学工作者，能够听取文学方面的人的想法，我做了一些准备，而且是以伽利略的书为范本的！

没有获奖的九十九人

二十世纪最后一年，在全世界进行的事业之一，是选出这两千年流传下来的最有代表性的书。我也参加了。我认为佛教、基督教、伊斯兰教等宗教典籍中重要的作品都应该入选。再加上《神曲》和《堂吉诃德》、莎士比亚的许多作品等。我列了一个名单，我这个名单里有伽利略的《新科学对话》[1]。

　　我第一次读这本书是在新制中学三年级的时候。要读懂它需要相当程度的数学水平。我感兴趣的是两卷中的上卷。我读的版本是我出生两年后岩波书店出版的，从那时算起，这本书是伽利略在约三百年前写的。

　　这本书是以仨人对话的形式写的。他们是当时作为独立国家而繁荣的威尼斯市民萨格雷德，新科学者萨尔比亚奇，以及对亚里士多德——从希腊时代开始，在欧洲最具影响力的，对世界上

---

[1]　伽利略(1564—1642)，意大利天文学家、力学家、哲学家、物理学家、数学家。《关于两门新科学的对话》出版于1638年，是伽利略积数十年之力写成的，也是物理学、力学、数学和哲学方面重要的经典文献。

的一切事物进行说明的人物——的学问很有研究的学者希姆普力奇奥三个人。

看了我用红笔做的记号，这四天的对话，我读第一天的内容就用了一个月。

那个时代的威尼斯有兵工厂，手艺人都集中到了这样的工厂里，制造各种东西。他们学习伽利略等人推进的新科学——相对于亚里士多德的科学来说，的确是新科学——使之实用化。这本书就是以来参观工厂的市民们与科学家的对话形式写成的。

第一天是关于机械学和运动理论的对话。造好的船入水时，为什么大船比小船更需要船台等各种器具呢？通过对话才知道，体积大的东西比起小的东西来较为脆弱，对外力的承受力也比较弱。

他们讲述了实际的观察，并且还做了实验。我对他们的对话内容很感兴趣。

战败之后，我总是听到人们说，重建国家非常需要科学。我国科学家中的汤川秀树博士获得了诺贝尔物理学奖。正像许多孩子所期望的那样，我也想要成为一名科学家。

可是上了高中后，我马上意识到自己没有学理科的能力。当然，报文科的大学也要考数学和理科两科的方针没有改变。

那时候，大概因为自知不能走学习科学这条路而失望，我才勉为其难地选择这本书来看的。加上对于论证科学事实的对话很感兴趣，才增强了自己坚持读下去的勇气。

4

例如，书里举实例加以证明——通过实际的观察，按动物的大小来排列，看看把它们从多高的地方扔下来摔不死。按照一库比特[1]等于五十厘米来计算，狗是三或四库比特；猫从十库比特的高处扔下来都死不了，但是把马从同样的高度扔下来就会摔断骨头。然而，即使把蟋蟀从塔尖上扔下来，把蚂蚁从月球上扔下来也会毫发无损的（这大概是玩笑吧）。下面的话格外令人愉快。

致新人

---

[1] 库比特，长度单位，约等于 0.4572 米。

"这么说，幼儿从哥哥姐姐们掉下来扭了脚或摔破了头那么高的地方掉下来，也不会受伤了？"

我真心地期望长成大人后，自己也能像这本书里的萨尔比亚奇那样，妙趣横生、深入浅出地给孩子们讲解科学。即便做不到他那样，也要像萨格雷德那样成为一个懂科学的市民。有科学演讲就一定去听；可能的话，要和科学家交朋友。

我的人生由于进入了文学系而改变了方向。我进入了法国文学科，遇到了使我发现了自己能做的事和真正想做的事并给予我鼓励的学者。后来我写起了小说。

可是，让初中生费尽九牛二虎之力去读《新科学对话》又有什么意义呢？你们不能这样想。科学的观察、实验，由此展开的思考，在文学范畴也是需要的。特别是在把自己所想的所发现的事情表达得让别人能够理解这一方面，这本讲科学的书就是榜样——即便是写给外行人看的。

我在写这本随笔的时候，经常想起科学家萨尔比亚奇和市民萨格雷德的高雅的幽默，希望自己能够像他们那样准确地表达。

　　这几年，我有幸结识了一些优秀的物理学家、化学家、医学以及生理学家。这是获得诺贝尔奖的好处之一。但是，这些科学家如果认真地谈起他们的专业来，我肯定是一点儿也听不懂的。

　　与三百五十年前的威尼斯的新科学相比，现在的科学有了巨大的进步，学科分得越来越细。因此，现在能够了解同时代的科学家所想所做的事情的市民恐怕已经没有了。

　　我们虽然享受了科学进步的恩惠，但是科学家造出的核武器等带来了可能毁灭我们的危险。大量化学物质有可能使地球的环境变得人类无法居住，就连环绕地球的大气，都受到了科学生产出来的东西的影响。

　　对于生活在科学不断发展中的人类来说，这是非常重大的问题。一般市民也必须尽可能多地了解有关科学的知识，为此，有必要请科学方面的专家来给我们讲解。

　　因此，我希望你们这些孩子，去完成你们的

祖父、父亲没能做到的事。现在的教育制度，可能会把你们这些小学生、中学生很早就分成理科班和文科班，前些日子，我看到了有关这种早期分科的教育计划的报道。

但是，你们一入学就会获得超越文理科区别的交流和友谊，将这种和睦的关系一直保持下去是完全可能的。上了高中后，因分科而分开后，也可以继续做朋友。即使上了大学，在精神上能够互相沟通的话，也会给你们力量的。

理科的高中生给文科的同学讲解《新科学对话》中的算式等难懂的地方，应该很容易吧？而文科的同学给比较死板的理科同学分析市民萨格雷德讲话的独特幽默时，两个人都会开怀大笑。

这样一来，就会建成这样的社会：诺贝尔物理学奖和化学奖、生理学或医学奖的获奖者以及九十九位候选人，都能像伽利略那样写出深入浅出、趣味横生的科学书，而一般市民也能够具备理解科学的基本能力。

坏心眼儿的能量

1

许多外语进入了日语的文章里，这些外语是用片假名[1]书写的。就如同看法文报纸时，会遇见大量的英语和德语一样，这一现象在日语中更为明显。

进入日语的这些外来语往往成为流行语。不久前，"瓦尔内拉布尔"这个词的使用率就很高。

这是英语形容词vulnerable的音译，其名词形是vulnerablility，来源于拉丁语的"伤害"的意思。根据词典的解释，按照由远及近的词义变化

---

[1] 日文字母的表记法之一。主要用于外来语和象声词等的表记。

来讲，有"容易受伤""容易受指责""容易受攻击"等意思。

这些词被频繁用于日语的文章中，说明那个时期"欺负人"已成为社会问题。有些学者在讨论为什么会出现"欺负人"这一现象时，使用了这个词。

有的小孩子——仔细想想，不仅是孩子，也有这样的大人——容易受欺负，"瓦尔内拉布尔"被用来表现这一类孩子常有的性格之一。

我小时候，说起来也是属于受欺负一类。我对于人们在讨论为什么会出现"欺负人"这一现象时，不去探究为什么会出现"欺负人"的孩子，而是偏重探究为什么会出现被欺负的孩子，将责任过于推给被欺负的一方，感到很不快。

因此，在表达与受欺负直接相关的意思上，我没有使用"瓦尔内拉布尔"。但我很在意这个词，每当看文章遇到时，就会记在卡片上。

其名词的音译是"瓦尔内拉比利特"，该词的用法让人很不安。

在国际关系方面，我认为最重要的是要想

办法使在广岛、长崎使用的核武器不被再次使用。为此，在美苏为制造和拥有核武器进行竞争的时期——现在没有苏联了，但在美俄及其他拥有核武器的国家之间，依靠核武器的政策没有改变——我为了了解双方领导人准备怎样使用核武器，以及怎样不让对方使用，看了一些书。

我看的是关于核武器战略的书。对立的两个阵营，将各自的核武器放置在各自的几个阵地上。如果双方以同样强度的核武器相互对峙的话，就不会发生核战争。但是，其中一方出现了薄弱的地方，对方就容易攻击这个地方。于是，就可能发生核战争。这就是说，薄弱的地方会诱发对方的攻击。

为了消除这个"瓦尔内拉比利特"，双方在不断地检查自己的阵营，制造比对方更强有力的核武器，进一步扩大配备的范围。

就这样，现在核武器被大量制造出来了，足以毁灭地球很多次。

2

我们现在回到前面所说的问题上来：用"瓦尔内拉布尔"来表现容易受伤害，容易受欺负的孩子。我虽然在森林里长大，却不喜欢去山野乱跑，觉得看书更适合自己。

所以，我时常会受到欺负。遇到这种情况时，我从不向欺负人的孩子王认输，请求他允许自己加入他们一伙。比起成为他的同伙来，我更愿意做自己想做的事。虽说我参加过学校的棒球队。

我在尽可能不改变独立行事的个性的同时，也为最大限度减少受欺负而动脑筋想办法。表面上看是妥协，其结果，能够使欺负人一方不再escalate（升级）。升级这个词也被用于刚才所说的核武器竞争上，即不断变得更强力的意思。这样的话，就能使自己不至于太悲惨并从痛苦的境地摆脱出来。

可是，上初中时，我遇到一个很难对付的对手，就是我的二姐，还有和她同龄的一帮女学生。我特别发怵和她们相处。不过现在我已经意识到，

坏心眼儿的能量

其实这帮女孩子是不会对我动粗的，那时候不把她们太当回事就好了……

我和大姐相差十岁，几乎没怎么说过话。但是比大我两岁的二姐，以及她同班的女孩子们，就免不得要说话，每次我都会挨顿数落。

正像前面说的那样，那时候，我身上有着容易受她们欺负的瓦尔内拉布尔的地方。简单地说，我身上有着不让她们喜欢的——也就是说，具有诱发她们想要攻击一下那个男孩子的——地方。

我只是从自己的感情出发来回忆过去，也许不够客观。在学校或放学后玩耍的时候，我隔三岔五就会受到这帮女孩子的捉弄。每次都让我变得气鼓鼓的，她们大概觉得很好玩儿吧。

中学一年级的时候，我们使用的语文课备用教材，是一种用骑马钉装订的十六页的月刊印刷品——主要面向四国和中国 [1] 地方的学校发行。上面有专门刊登中学生诗歌的专栏，谁都可以写在明信片上投稿。

---

[1] 位于日本南部的一个区域。

我读了那个专栏后，对能读到和自己一样大的孩子写的诗，感到很有意思，并为之感动。不过，我并没想过自己也写诗。我在语文课写作文时虽然写过诗，但从来没有得到过老师的鼓励。

　　一天早上，上学之前，我去我家后面的柿子林摘喂兔子的繁缕时，看到齐眉高的柿子树枝上，挂着一颗颗水珠，这时，四行句子突然浮现在我的脑海里。

　　　水珠上，
　　　映出美景。
　　　水珠里，
　　　别有世界。

　　当天下午，从学校放学后，我还记得这四行句子。我不知道算不算诗，就跟妈妈要了一张作废的明信片，把这四句写在上面，到邮局寄了出去。

　　我的"诗"在杂志上登出来后自己一看，感觉也不像真正的诗。我没有告诉班主任老师和同

坏心眼儿的能量

学。可是三年级的女学生读了，她们两三个人一伙，站在我们教室窗外的走廊上，冲着我叫道：

"水珠！"

她们的表情和语气里充满恶意。我走在走廊上时，其中一伙会追上我，一边从我身边跑过去，一边叫我：

"水珠！"

从那以后，她们就一直这么叫我。对于她们这种行为，我是一点儿办法也没有。

每当有人问我喜欢什么样式的文学作品时，我总是毫不犹豫地回答：诗歌。我翻译了好几首外国诗，写在卡片上。

日本诗就记得更多了。一位年轻时在夏威夷的大学学习过、十几岁时移民了的老太太，给我背了几首她只记得一两行的诗，我把整首诗摘抄下来送给她，她非常高兴。

尽管如此，我没有写过诗，就是由于被嘲笑过"水珠"，感觉自己很可怜的缘故。

3

出于坏心眼儿去指责别人，是孩子做的——当然大人也会做——极为不好的事情之一。

我小时候，对家里人和朋友、村里遇到的人，以及猫狗也有过坏心眼儿。这并不是由于对方有什么问题，而是自己内心涌出来的"恶意的能量"得不到压抑的结果。

孩子干出坏心眼儿的事情，也是很自然的。正像我刚才所说的，是"恶意的能量"在起作用，受到了它的驱使。

做了坏心眼儿的事之后，一般不会意识不到自己的坏心眼儿。这好比自己做的事，被心里的显像管照出来似的。而且"恶意的能量"一旦被使用了，就会减弱下去。就是说，反省是不难做到的。反省的方法是：认真地回忆自己所做的坏心眼儿的事，然后，反复地想想，"这样做一点儿意义也没有"就可以了。

相反，要是认为自己做了坏心眼儿的事，却怪对方身上有诱发自己坏心眼儿的地方，即归因

69

于对方的"瓦尔内拉比利特",是不好的态度。

4

大家都知道福泽谕吉[1]这个名字吧。他是一位在明治维新前后——就是原本锁国的日本为了成为世界中的一员,必须开始考虑新的生活方式和思考方式的时代——把日本所需要的东西引入日本、使之用于日本的人物。

福泽谕吉非常清楚人是怎么一回事。他说过,人的素质中有一种叫作"怨念"的东西,这东西只有坏的一面,没有好的一面。比如说,粗鲁的人——福泽谕吉称作粗暴——具有勇敢的一面;轻薄的人,具有机灵的一面——用福泽谕吉的话来说是伶俐。

然而,只有"怨念"这种素质——就是嫉妒别人——与好的素质没有关联,根本不可能产生出任何好的东西来。

致
新
人

[1]　福泽谕吉(1835—1901),日本明治时期著名的思想家、教育家,著有《劝学篇》《文明论之概略》等。

70

"怨念"这个词现在几乎不使用了，大家就把它存在脑子里吧。将来，必须和让你烦恼的人一起做事时，当你发现对方身上也有和这个词一样的地方，就不必真的生气或伤心了。

　　我想，在小孩子的世界里，和"怨念"相近的素质大概就是坏心眼儿吧。

　　我并不是说"怨念"等于坏心眼儿，而是说大人出于怨念所做的事和小孩儿干的坏心眼儿的事差不多的意思。如果有人总是对你说坏心眼儿的话、做坏心眼儿的事时，你就对自己说：

　　"好啊，我对他说的话、做的事都不生气，也不伤心。"

　　不但这样，自己也要坚持不对别人说坏心眼儿的话、做坏心眼儿的事的原则。"坏心眼儿的能量"不可能产生出任何好的东西来。我小时候，在书上看到过"非生产性的"这个词，很喜欢，就把它用在了这个场合。

不撒谎的力量

1

"你是个不撒谎的人。"如果家里人、朋友都能这么看你，是很有价值的事。也许可以说这个价值高于其他任何价值。在实际生活中遇到不撒谎的人时，有时会觉得他本来就是这样的人；也有时会了解到他是想要做不撒谎的人，才成了不撒谎的人的。

我觉得自然而然形成不撒谎性格的人是幸运的；而在人生的某个阶段下定这样的决心，并坚持下来的人是值得尊敬的。

我不是想为自己辩护，我从小特别喜欢讲一些好玩的事情，结果，常被人说成爱撒谎。上中学的时候，我在书上或词典里看到有趣的事——

比如塔斯马尼亚[1]的许多动物都有像袋鼠那样的育儿袋之类的东西，就在运动场向几个同学现学现卖时，高年级一个很漂亮的女孩子指着我说：

"他是个爱说瞎话的孩子！"

我回到家还是一脸的不高兴，妈妈见了问我怎么回事。然后对我说：

"你自己虽然没那么想，但也许听的人觉得就像撒谎似的。以后好玩的事，你只讲给爱听的人好了。"

我为了上大学来到东京后，班上有个城市里长大的聪明同学，他从一开始就对我讲的话表示怀疑。后来，我开始写小说以后，和一位编辑初次见面，他就对我说"听说你是'狼来了少年'啊"。意思是说，听说我是个爱撒谎说"狼来了"的少年。我不由得感慨，想起了母亲说过的话。

后来，我就找那些觉得我讲的事很有意思、不是在撒谎的人做朋友，还和这样的人结了婚。

记得后来我下过好几次决心，对于这些相信

---

[1]　澳大利亚联邦州之一，位于其东南部的一个岛屿。

我讲话的人，即使自己没那么想，也要努力成为不撒谎的人，虽然，做没做到我也说不好……

<h2 style="text-align:center">2</h2>

我年轻的时候，通过思考自己撒谎的事，发现除了不撒谎的性格，决心做不撒谎的人之外，还有一个做不撒谎的人的条件。

那就是不撒谎的力量，即在生活中不撒谎的能力。而这个力量或能力是可以在自己的内心锻炼出来的。

这和不撒谎的勇气很类似。但是，并不是强作勇气——虽说有的时候，需要强作勇气——而是成为自然的生活方式，用我在文章中经常使用的词语来说，就是养成不撒谎的"生活习惯"，我认为在这样的人身上，有着不撒谎的力量。

回想你们以前遇到的人，以及现在一起在教室里学习的人中，是不是会给你留下这个人很坚强、那个人很软弱的印象呢？通过回忆具体的事例就会知道，强者和弱者并不是固定不变的。在意想不到的时候，坚强的人会变成软弱的人，反之也一样，你们有过这种经验吧。即使这样，你还是会觉得这个人很坚强、那个人很软弱吧。在观察一个群体内部时，大致都会有这种区分的。

强者要是撒谎的话，是最难对付的了。这种人内心有坏心眼儿，并且会坚持到底，即使有些勉强也会坚持到底，这一类人，我小的时候遇到过好几个，长大以后也遇到过，小时候有小时候的情况，成人后就更复杂了，他们给我留下了难忘而痛苦的回忆。

另一方面，我也见到过有人因软弱而撒没有必要的谎。从各个小学分校来到一个中学里，许多新同学之中有这样一个男孩子。那时候，虽然没有现在报纸、电视上所报道的那么恶劣，但也有霸凌的情况，他就是个被欺负的对象。他为了尽可能减少受欺负的压力，而不断地撒谎，因而愈加受欺负。

我没有参加霸凌，但是也没有站在那个孩子一边，跟他一起去抗争。并且我还在心里为自己找借口——因为我讨厌那个软弱的爱撒谎的少年。这是我至今仍然很不愿意回忆的儿时往事。

如果你们想要具体感受我刚才讲的那些作为强者的撒谎者和软弱的撒谎者等各种类型的人，可以去看狄更斯的小说，其中《大卫·科波菲尔》中的尤利亚·希普这个人物——其名字本身，就是"你是撒谎的人"的意思。Uriah（尤利亚）和liar（撒谎的人）虽然R和L不一样，但不少人认为是这个意思——有时候是作为强者而撒谎，后来又因软弱而撒谎。这种描写手法不能不令人感叹。

3

　　下面继续谈谈不撒谎的力量。不久前，大家通过电视上的国会实况转播或新闻报道，知道了政治家在国会作证时撒了谎以及会见记者时撒了谎等一连串的事情吧。

　　首先是强者撒的谎被暴露在光天化日之下了。大家看过电视新闻里滚动播放的某个录像画面吧。当你们看到这些国会议员在自己的谎言已被识破后，面对其他议员，面对看电视的众多国民，依然毫无愧疚的样子时，一定感到很吃惊吧。

不撒谎的力量之一，就是具有自己的"自尊心"。大家或许很少有机会面对自己内心，确认一下那里有没有一块儿"自尊心"。但是，当感到自己的"自尊心"被父母、兄弟姐妹，甚至被老师忽略的时候，用这样的方式面对自己的"自尊心"是常有的事。我是想起了自己小时候才这么说的。

即使在这儿撒谎没人发觉，我也不撒谎，因为撒谎有伤自己的"自尊心"。

我从自己小时候的记忆，以及成了大人后，在自己的家庭中，养育智障孩子和正常孩子的经验出发，知道小孩子心里也确实有着一块儿"自尊心"。

到了我现在这个年龄，感到人在孩童时期具有而成人后失去的素质中，"自尊心"是最重要的。失去了"自尊心"的大人，一旦开始撒谎，就不会停止。由于他们自己不努力做到不撒谎，只好由周围的人去揭穿、消除其谎言。

其他人，尤其是看穿、揭露了强者撒的谎并要让其知道这样做不对，以刚才提到的国会议员为例，最好的办法是下次选举时不选他。即便在民主主义的规则内，这也是最根本、最有效的方法。

请你们从现在开始就把原则制定好，长大成人有了选举权之后，不投票给撒谎的强者。

4

撒了谎——这里指的是过去做了不对的事，却在会见记者时说没有这回事——被人看穿而辞去国会议员的人当中有一位女性，她看似很坚强，原来也是个软弱的人。因为她撒的谎是软弱的人才撒的谎。

我之所以认为她是因软弱而撒谎，是她刚当上国会议员时——尽管作为议员有同等权利，但是她年轻，又是女性，因而被认为是处于软弱的立场——对于同一党派的前辈议员或自己长期给其当过秘书的议员，明知他们说得不对，却没能抵制。

再加上周围都是有着同样行为的人，自己的错误没有受到指责，就认为可以这样下去。不能够纠正自己错误的人，我认为是软弱的人。

所以我说这样的人身上没有不撒谎的力量。

也许有人会说，不对，如果她承认了自己由于软弱而做的错事，会使那些和自己合作做错事的人为难，所以才继续撒谎下去，她是牺牲了自己呀。

可是我认为，即使这么想，那位女性身上还是没有不撒谎的力量。如果有的话，就能使自己，更重要的是使犯错的其他人——无论是对其错误知道得很清楚的人，还是知道得不十分清楚的那些合作过的人——逐渐回到正确的方向上来，而她自己的责任也就减轻了。

5

孩子有孩子的社会。在这个社会中，不应该去伤害别人，也不应该受别人的伤害。为此应该参照大人在社会中运用的智慧，使之在孩子的社会中也能发挥作用。

我认为即使处于不撒谎就无法和周围人搞好关系的境地，也要想方设法做到不撒谎。

如果你担心和他交友就得撒谎的话，那最好

和他保持距离。对方若能因此反省是最理想的了。反之，当你对自己忍不住要撒谎而感觉不安时，能意识到这是因为自己的软弱，并拿出勇气道歉就可以了。

此外，为了使自己获得不撒谎的力量，我有一个小时候想出来的、现在还在使用的方法。

如果是有信仰的人，他们是不愿意背叛心中的神明的。即使没有明确的信仰，许多人心里也会有着某种宝贵的东西。还有的人——我也属于其中之一——在自己认识的老师、家人、前辈、朋友之中有这样的人，他们使自己不能做出对不起他人的事。

即使是因为小事，自己想要撒谎的时候，哪怕一瞬间也好，把嘴巴闭上，想一想他在看着我呢，我怎么能撒这个谎呢？

我心里使我敬畏的人有读大学时教法国文学的老师，优秀的音乐家朋友，还有一位是外国的学者朋友，他一边与白血病搏斗，一边对于文学和世界上的问题进行了实实在在的研究。

让这些人具体而坚实地存在于自己的内心，

就等于储存了不撒谎的力量。

　　一想起这些人来，自己的"自尊心"一下子就清晰起来了。到了人生的最后时刻，我想发自内心地向这些人说一句："谢谢了。再见了。"

梦想当"知识分子"

1

在过去的五年中，我在报纸上和外国的知识分子陆续通了一些信件。有小说家、历史学家、语言学家等，他们都是与我心目中的"知识分子"这一称呼相吻合的人，他们每一个人都是我极为尊敬和怀念的朋友。我觉得能够认识这些人，是我生活中最幸福的事。

说到"知识分子"，都有哪些人浮现在我脑海里呢？下面我就按照想到的先后顺序，谈谈迄今为止，对自己见过的各种知识分子的印象。

他们各自都有着从事一生的工作。为了做好这个工作，他们从年轻时开始学习，一直没有间断过。他们还各有其独特的积累和钻研知识的方式，同时也体现了他们每个人的品格。

他们是通过自己的专业——即使有些人表面上好像脱离了其专业，其实根本上还是相关联的——思考自己生活的社会和世事的人，是对于社会发展的历史及现状具有自己看法的人。而且，他们还能够理解同样具有自己看法的其他人，无论对别人的看法是赞成还是反对，他们都首先注重去理解别人的看法。

这样的人会把自己从以往的人生中学到的、经历过的，以及现在自己的工作中最为重要的事，用孩子也能听懂的语言，幽默地表达出来。

他们是以自己现在从事的工作为中心，对自己的生活方式负责任的人。他们对自己，对家人，对朋友们以至对社会都能够负起责任，不但自己有所成就，还愿意和周围的人一起努力。

此外，他们还是对于自己现在生存的社会的不太远的将来持有自己观点的人，如果没有了自己的主见，他们会感到悲哀。

如果有人问："你说说具体是什么样的人呢？"若以日本的小说家为例，我想可以举出夏

梦想当『知识分子』

目漱石。

2

　　高中二年级那年的初夏，我第一次读到了法国文学研究者渡边一夫写的书。现在我还记得，当时自己走在刚长出嫩叶的街树下，对自己说的话。

　　"这个人才是真正的'知识分子'，我要去上他教课的大学。"

　　当时，同班同学——其中也有后来作为导演做出了很大成就的伊丹十三——经常使用"知识分子"这个词讨论问题。可是，我对这个大家都很向往的词是什么意思搞不太明白。就在那时，我阅读了渡边一夫教授写的关于法国文艺复兴方面的书。无论是书中所写的人物，还是写书的人，都使我钦佩万分。他们就是知识分子，我下决心一定要去先生教学的地方上学。

　　暑假时，我回森林峡谷中的家乡探亲，请求妈妈同意我报考东京的大学，又征得了代替去世的爸爸做家长的大哥的同意。然后，我对最好的

致新人

朋友伊丹十三解释说，自己现在要开始准备复习考试，不能像以前那样一起玩儿了，并得到了他的理解。

就这样，重要的问题一个个得到了解决，我成了每天去美国文化中心图书馆看书的同学中的一员。他们都是优等生，我被他们视为怪异的加入者。不过，在秋季的二三年级的实力测验中，我有好几个科目名列前茅，这才被他们接纳了。

3

后来，我报考了东京大学文科二类——现在制度变了，当时那里是进入法国文学科的窗口——没有考上。临近考试时，那些优等生对我说，你实力不行，不如选择别的大学。可是对于我来说，除了跟着叫作渡边一夫的先生学习之外，没有其他上大学的理由。

我成了浪人[1]后，就去东京预备校上学。暑假回家探亲时，我每天从早到晚都在埋头做数学和

---

[1] 相当于中国未考上大学的复读生。

理科的习题集，因为这方面是自己的薄弱环节。

　　我学习虽然投入，但还是喜欢看从现代文学、新杂志和报纸上摘抄下来的英语范文。范文每篇一两页左右，例句比一般的习题集要长一些。里面有一些我以前没有接触过的思路和表现。因为在准备第二次考试的一年间，我禁止自己阅读文学书。

　　一天，大哥一回到家马上到我的书桌边坐下，心事重重的，半天没说话。然后告诉我说，在路上碰见村里的中学老师，老师对他说：

　　"我想问问你，又想培养出一个'书呆子'来吗？"

　　我听了，忍不住笑起来。虽说够不上俳句[1]，倒可以算做川柳[2]。我生长的地方，是正冈子规的家乡，每个人都会做俳句，就连日常生活中，人们也习惯像这样用五·七·五的节拍讲话。

---

[1]　日本定型短诗，有季语等局限，以五·七·五形式的十七音节构成。

[2]　与俳句的音节构成一样，但是没有季语等局限，多使用口语，常用于讽刺世态人情。

大哥气急败坏地冲着我吼道：

"你小子给我认真点儿！你小子将来到底打算干什么？"

我答不上来。其实两三天前，我在路上也被那位老师揪住，被问及"为什么要上大学？"。我回答说，想读法国文学。老师说，这个县没有专门教法国文学的教师，高中也没有开设法语为第二外语，你毕业回来也找不着工作。你到底怎么打算的？大哥听到的大概也是这一套。

面对因此而烦恼的大哥，我不能照直说出自己的想法：我现在只想跟着渡边一夫这位学者学习，根本没考虑以后干什么工作。我也没有想过，像我这样进大学后才开始学法语的人，将来要去当什么语言学专家，到某个地方任教，等等。

妈妈知道了我和大哥之间发生的冲突，特意让我比别人晚一会儿吃饭，等我一个人吃饭的时候，妈妈问我："大学毕业后，你想干什么工作？"

妈妈为了证明她已经知道了大哥和老师之间的谈话，还补充了一句：

梦想当『知识分子』

"我觉得你并不想当'书呆子'……"

我对妈妈说:

"我想当和'书呆子'相反的人。想成为知识分子中的一员。"

可是,当妈妈问我什么是知识分子时,我答不上来。只好说是老在看书的人。

妈妈不无凄凉地说道:

"我倒是听你爸爸说起过,从前中国有一种人叫作读书人。"

4

我到底当没当上小时候梦寐以求的"知识分子"呢?现在我能够明确告诉你们的是,在我以往的生活中,在我的朋友里,无论是我国还是外国,无论是过去还是现在,都有这样典型的知识分子,这是无可质疑的。

我活到这么大岁数,性格又不那么温顺,所以虽然认识的人不少,但和其中一些人是绝不来往的。我发觉,那些我能够终生保持朋友关系的人——已经去世的年长的朋友,以及与其说是朋友不如说是老师的人——正是我高中时梦想的知识分子。自己小时候渴求的愿望终于实现了！

但是，和我对立的人也同样是知识分子，而且，这些人中在社会上有地位的人很多，只是他们不是我小时候想象的"知识分子"的形象。想必对方也同样这么看我吧。下了这个判断，我感觉解开了心中的结，即明白了自己那时到底是不是做了错事。

5

除去准备第二次高考的那一年外，为把自己锻炼成"知识分子"，我从十三四岁开始，已经五十多年如一日坚持不懈地做着一件事，我对母亲也说过，那就是把读书放在生活的首要位置上。

为了使读书更有成效，我用某种方法来修正自己过去的读书法。新的方法是我在大学即将毕业的时候，果真进了我向往的那个教室后，跟渡边一夫先生学习的方法。即用两到三年确定一个主题，并按照这个主题去读书。

我的职业是写小说。有人听说我读书要定计

划，就问我是不是为了写小说准备参考资料。的确有的小说家为了这一目的而读书，就像二十世纪德国最好的小说家托马斯·曼[1]那样，深入而广泛、完整地读书，写完一部小说后，又为写下一部小说开辟新的读书方向。

尽管如此，看了托马斯·曼的日记，可以知道，他有时为了获取比愉悦更为强烈的喜悦而反复读某一本书。另外，从托马斯·曼一生所读的书来看，相互之间都是有关联的。夏目漱石也是这样的小说家、读书家。

我并没有为了获取小说题材而向我不了解的方向拓展读书面，因此，不可否认我的小说题材比较狭窄。

不过，我常常在某个时期想要读读这个诗人，

---

[1] 托马斯·曼（1875—1955），德国小说家和散文家。出生于德国北部吕贝克市一个大商人家庭。1894年发表处女作中篇小说《堕落》，获得成功。1901年长篇小说《布登勃洛克一家》问世，被称为是早期杰出的关于艺术与艺术家的小说，进一步奠定了他在文坛上的地位。1924年长篇小说《魔山》的发表，使他誉满全球。1929年获诺贝尔文学奖，代表作除《魔山》外，还有《魂断威尼斯》和《托尼奥·克勒格尔》。

想要了解那个思想家。所以，最初阶段要么凭着感觉，要么向专家请教，从基础开始读起，渐渐了解了自己真正关心的是什么时，便朝着这个方向读下去。这样读了两三年之后，才下决心向下一堆书进发。只是，在读某个方向的书的过程中，想写进小说去的主题越积越多——这也是必然的结果——往往由于看了这一堆书，写出了某个作品。这已经有好多次了……

去年秋天出版的小说《愁容童子》就是这么读书的结果。我年轻时就一直特别爱看《堂吉诃德》。可能听起来很滑稽，我觉得现在自己比那个"愁容骑士"年长了，于是想要重读一遍。读完了《堂吉诃德》，我接着又找来很多相关的书来读。这样读了两年后，写出了这部小说。

说起来，骑着瘦马，披着盔甲，不合时宜地去冒险的"骑士"堂吉诃德，原本是个乡绅，当他着迷地看了很多本西班牙中世纪的骑士故事后——尽管在当时的出版条件下，大概也读了有一百多本——自己也决心要当这样的人了。

6

在我早期发表的有关书信往来的连载中，最让我难以忘怀的是和巴勒斯坦出身的、在美国大学讲授文学和文化的教授爱德华·萨义德——当时他正处于痛苦的时期——之间的通信。萨义德在其中一封信里说："你具有和其他人的经验产生共鸣的能力，由于经常读书，你和我似乎有着共同的感受方式和思考方式。"

我们俩已经是二十年的朋友了，萨义德先生可称得上是现在世界上最好的知识分子，先生在信里这样写我，使我感到欣喜，也感到了责任……

我想，妈妈要是还活着的话，看到我能成为一名"读书人"，该有多么欣慰啊。

传达别人的话

1

那件事发生在我六岁那年冬天的早晨（12 月
8 日）。

天还黑乎乎的，我被大门的开门声吵醒了，
看见有个男人站在土间叫着父亲：

"老爷，老爷。"

然后他说起话来，妈妈从灶间绕到土间，给
客人端来茶盘，上面放着两个杯子和一小撮盐，
在电灯下显得白花花的。那人说完话，猛地低下
头深吸了口气，然后，从托盘里捏出一点盐，放
在左手背上，伸出舌头舔了一下，喝了一杯，又
舔了一下，又喝了一杯。

过了一会儿，我被父亲叫到他平时做事的房

间。当时父亲正在看写好的信。我以为让我去送信，可是父亲给我念了两遍信，让我记下信的内容。然后，我沿着家门前的小路往下游走，到助役家去传口信。他家是开文具店和小五金店的，兼在村公所干活。

敲开了大门后，这回我也站在土间，叫着："老爷，老爷。"向坐在铺席上的助役传达父亲的话。

信的内容是，出了大事了。在太平洋对岸，日本和美国开仗了。我说的时候很紧张，生怕传达错了，然后我也同样从托盘上拿起了水杯——当然不是酒杯——喝了下去，使自己咚咚直跳的心平静下来。

2

现在大人也好孩子也好，都是通过电视或收音机还有报纸知道重大新闻的。即使六十年前，我家也有收音机，也安了电话。可是，为什么那个男人满头大汗地从下游跑来——也有可能半路上自行车爆胎——专门来向父亲传达新闻呢？再说，其他村里的大人物难道就不知道这么大的事情，非要等着我这么个小孩子去传达吗？真叫人百思莫解……

听祖母说，明治维新后不久发生了农民暴动——叫作百姓起义，也可以说成是示威游行，向新政府派到我们那个地方的郡长表示抗议——"游行队伍马上就到咱村子啦"，来传话的是个还留着顶髻的小孩子。

3

这件不可思议的事在我心里留下了深刻的印象。小时候不用说了，上了大学以后，还做过有关这事的噩梦。梦见我把要去传达给别人的重要的话给忘了……

在平时的生活中，每当要向人传达某个人的话时，我就非常紧张，到现在也是这样。

前些日子，我经常去参加一些大学的研讨会。在会上，会遇到这样的情况：当自己对于别人的发言表示赞成或者反对时，需要在自己的发言中引用别人的发言。大多数人的发言讲稿会复

传达别人的话

印给大家，但是遇到即席发言，我就担心自己的理解是否正确——我对自己的外语听力不太有把握——休息的时候，我会去向讲话的人确认自己记录的内容。

我现在还能想起好几个这样的人，他们认真地回答我的问题，后来我们互相通信，或相邀去参加其他的研讨会。

对于那些在确认了这些发言之后准确地引用——表示自己赞成或反对——的人，我怀有信任感。相反，对于别人不正确的引用，我希望能加以纠正。当然，对方有时会露出不愉快的表情，有的人却能够成为长久的朋友，这也是参加研讨会的有趣之处。

尼日利亚剧作家、非洲首次获诺贝尔奖的沃莱·索因卡[1]是个非常优秀的人，我们就是像刚才

---

[1] 沃莱·索因卡（1934—　），尼日利亚作家。非洲英语文学中的重要戏剧家，1986年获诺贝尔文学奖。索因卡的戏剧把欧洲现代主义的戏剧形式，与非洲尼日利亚的优珞巴族的神话、民俗、舞蹈、音乐糅合起来。索因卡的创作具有强烈的战斗性，他还是一位杰出的社会活动家，崇尚自由，反对各种奴役他人的行为。

我说的那样成了朋友，那时我们俩都是三十多岁，一起参加了夏威夷的一个会议。

4

除了研讨会之外，在日常生活的对话中，我也很注意正确地理解、准确地传达别人的话。我认为这是人际关系中最根本的。

大家都玩过"传话游戏"吧？有好几个人参加，一个接一个地将第一个人的话传达到最后一个人，最后看看"传话"走了多少样。

我已经不是孩子了，没有机会参加"传话游戏"，所以，总是急切地等着看电视台的综艺节目。前不久，这个游戏成了某个节目的正式项目。

要问为什么我这么有兴致，因为我发现参加"传话游戏"的人的传达方式，特别是听了前面一个人的话之后，传达给下一个人时的出错方式，是可以按其特点分类的。

1. 由于注意力不集中，加上有些随意，导致出错。

2. 想要逗下一个人开心，而修改听到的话。

3. 同样是修改听到的话，却是朝着自己觉得有趣的方向改动。

第一类没有办法。如果是小孩子，只要注意听别人说话，弄清楚别人想要说什么，再传达给别人，就能够正确传达了。为了培养孩子的正确传达能力，年轻的妈妈要在会话中特别加以注意。在这个过程中，不仅教育了孩子，还会意识到自己有时也听错了别人的话。

第二类只要我们注意观察就会明白，其实我们周围有很多。在放松身心的闲谈中——和家人或朋友悠闲的聊天——这一类传话是很常见的。

我们在日常生活中和别人说话时，一般没什么太重要的事。不像学校老师那样有别于一般人的讲话，他们每天要向孩子们传达正确的信息和知识，总是端着架子讲话。

当然，老师们之间也会开玩笑，制造轻松愉快的气氛。

比起传达"真实"这个目的来，此时人们更注重的是，给自己和听自己说话的人之间制造出某种共同的气氛。

不过，对于还没有融入某个群体的人来说，常常会因为自己说的话被传话人歪曲而受到伤害。

在这种氛围的谈话中，当有人为了使谈话有意思而加以夸张、改编——这不能算是撒谎，就像讲故事似的增加趣味性——时，"不对吧，不是你讲的那样啊？"有人会用轻松的语气截住话头，纠正信息的偏离。

出于公允之心而且会讲话的人担当这一角色时，给人的感觉很平和。而有的人对别人添油加醋的讲话，表示绝对怀疑，则有时会使人感觉其个性有些狭隘……

5

第三类也没有办法。我想起了一位我二十多岁时认识的、三十多年来自己一直避免和他直接交谈的人物。他拥有社会地位和名声，原本就颇有自信，又加上在大众的支持下一路走来，所以他总是受到关注，一向随心所欲地生活，结果形成了不注意倾听别人讲话，也不正确地传达别人的话的人格。

他既是政治家又是文人，前些天出了一本自传，里面也有我的照片。为了自传中需要附上同时代的小说家和批评家照片一事，出版社来信征求我的同意，那张照片所在页面的文章也作为参考一起寄来了。我发现那页文章的内容与事实不符，便在回复的明信片上写道："登照片可以，但这上面记录的我讲话的内容不准确。"

编辑给我的回信是：

"作者说'差不了多少吧'。"

传达别人的话时，记述得不准确，被人指出来后，还说"差不了多少吧"，而周围的人却允许其这样做。正是由于这个缘故，此人才到达了如今的地位。而且，当这位作者一说"差不了多少吧"，对出版物负有责任的编辑，竟然也听之任之了。

没有注意倾听别人讲话的习惯和能力，加上周围又没有人要求其反省，这样的人如果处于领导地位，无论对于本人还是对于市民来说，都是件不幸的事。这样的例子在现代史上数不胜数。

此类人物直到在公正的批判下失去权力之前，

只要还在位一天，就会有许多编辑丝毫不加更改地将其所说的所写的东西出版成书。我们这个国家现在就是这样的。

6

但是，对于你们这些少男少女，我想说的是：要是不想成为像刚才我写的那样的“不幸的”领导人、“不幸的”市民，或不能保持其职业尊严的“不幸的”工作者的话，是可以训练自己的。

我以前也常常写到这个问题，就是通过正确地写文章这个方法训练自己！

说到写文章，许多人会以为就是把自己内心涌现出来的东西写下来。其实我们是把自己所看到的东西写下来的——肯定会有不少人反对——如果我接着说，仔细想一想，我们还写自己所听到的东西，大家也会赞成的吧？

我们真正的智慧是当我们能够真正理解用自己的眼睛看到的——看书也可以算进去——用自己的耳朵听到的东西，使之为己所用时才产生的。

我们是用自己的头脑思考的，当独自一个人

思考时，或问题成堆，理不出清楚的头绪时，试着在自己的内心，制造出一两个和自己不同的人——或者将实际存在的人物呼唤进来——作为其中一员和他们进行对话，以这样的方式来思考的话，对于整理思绪和加深思考是很有益处的。

前面我也举过例子了，柏拉图的《枚农篇》[1]和伽利略的《新科学对话》就是这样进行思考的典范。

这种思考方式中最重要的就是，比起自己的思考来，更注重认真去倾听别人在说什么和怎样说。

能注意倾听，认真理解别人讲的话，才能确切地表达自己真正想要说的话;还能意识到不注意倾听别人讲话，只顾说自己意见的软弱性，从而产生出说服别人的力量。

因此，我建议你们将看书得出的结论，或从别人那里听来的生动讲述，试着作为自己的文章

---

[1] 《柏拉图对话集》中的一篇。《柏拉图对话集》既是哲学名著，又是文学名著。《枚农篇》记录了枚农与苏格拉底关于真理是否存在的对话。

写下来。

写完之后，还要再读一遍，把感觉模糊的地方，再和书上对照一下就可以了。

要是发觉"他不是这样说的"，可以通过修改文章，来纠正自己理解的偏差。

我小时候，对大人的话并不都是认真听的。有时对方说得不对，我也不吭气，因为那时候我没有自信完全理解对方的想法。正如我前面所说的那样，我现在听外国人讲话时，也是这样，

我建议大家做一下这样的训练，把包括老师和父母在内的大人的讲话中，你觉得很重要的地方，写在日记或本子上——还要改写一下——并充满自信地向别人传达。朋友说的话，以及想要对自己说的话也可以用这个方法。

传达别人的话

要是年轻人能知道！要是老年人能做到！

1

去年（2002 年）五月中旬，在法国大使馆，如今已经为数不多的朋友的祝贺下——这些人都是对已经去世的共同朋友有着特殊回忆的人——我接受了法国荣誉奖中的文学艺术骑士勋章。

我上大学以来一直受教于法国文学和思想，却从来没有作为法国问题的专家给予过回报。只有一次，和朋友一起做了一件事，就是倡导大家多搞日语和法语间的互译，以推动其向高水平发展。也许是这个做法得到了肯定，从而获得了这枚勋章。

我第一次在报上看到农村出身的人的名字，是一篇关于此人去打仗，立功，战死并得到了金雉勋章的报道。他之所以立功，是因为他在中国和菲律宾杀了人。

荣耀感和恐怖感同时袭上我的心头。战争结束后不久，在报上看到勋章被废除的消息后，我才摆脱了不安的心情。

又过了很长时间，勋章制度复活之后，我一直想要把它和我记忆中的那种金雉勋章区分开来，并且也是这样做的。这次，虽说是外国的勋章，毕竟也是一枚勋章。我凝望着法国大使馆漂亮的草坪和不远处初夏的绿荫，恍惚看见小时候的我正从这片绿荫中好奇地瞧着现在的我……

我向宣布授勋的法国大使致了谢词——这是跟着一位法国女性给我录制的磁带学会的，她一个月前刚刚和一位优秀的日本学者结了婚。光每天听着我反复练习，这位学者倒比我先学会了。一直以来，我都是将小时候在四国的森林中看到的、感受到的、想到的东西，凭借在大学的法国文学科学到的方法写小说的。在这一点上，我的人生可以说是单纯的。

我大学时代所学的重要的东西，是从一位叫

作渡边一夫的法国文学专家那里学到的东西。我没有像前来参加这个授勋会的前辈和同班同学那样，成为继承先生学问的专家，但我开始写小说以后，一直和先生有来往。当然，我也一直在读他写的文章。我至今还清楚地记得，在我获得勋章的消息传来时，我便清楚地想起了先生来参加我的简单的婚礼时，在他的礼服衣领上佩戴的同样勋章绶带上的那种红色。

2

下面我想引用渡边一夫先生写的文章里的一段话，这篇文章写于我跟着先生学习的时期。引用虽然长一点，可作为我来说，真想把先生的文章直接拿给大家看。

先生使用了"准边缘人"这个很少听到的词语，当时，"边缘人"这个词在日本也很流行，来自英国一个年轻评论家写的书。该词指的是处于社会外围的人，先生认为我们生活的社会，是以四十岁至六十岁左右的男子为主导的，因而，他将年轻的人——特别强调将女性——叫作"准边缘人"。

　　从"准边缘人"立场来看，由壮年、老年男子统治的社会中，有很多落后于时代的地方。就是说，这些统治者仗着权利和财力，任意胡为。长此以往，不仅会招致他们自身的毁灭，连提心吊胆旁观的"准边缘人"也会被牵连进去。

　　……

　　年轻既是未知数，也是伟大的。正因为如此，年轻人应该认真地把握自己的年轻。妇女孩子的感觉或许与男人有所不同，所以为了正确地判断事物，也应该让男人了解你们的感觉。

　　"要是年轻人能知道！要是老年人能做到！"（Si jeunesse savait; si vieillesse pouvait!）这句古老的法国谚语，在表现年轻人的行动力和老年人的智慧的同时，也在感叹年轻人的浮浅和老年人的无力吧。实际上，从某种意义上来说，也有可能换成"要是年轻人能做到！要是老年人能知道！"（Si jeunesse pouvait; si vieillesse savait!）。

　　这篇文章是一九五九年写的。对于先生来说，十四年前的战败和之前的战争时代仍然记忆犹新。从刚才引用文的前一半就看得出这种情感。

　　从那以后四十四年过去了。这期间，例如泡沫经济时期，为土地和股票异常的升值而忘乎所以的人们，招致了自身的灭顶之灾。之后，长期持续的经济不景气，使得未受惠于泡沫经济的广大民众也被牵连进去，受了很多苦，对此，大家都亲身感受到了吧。

　　刚才引用中的省略的部分，是这样写的：

　　　　目前在日本施行的，比如，政府议会里的行为，会令"准边缘人"感觉到，人为的灾难即将殃及自身了。

　　就在我们现在生活的日本，如果在议会上制定的法律，将日本人的生活卷入战争的话——自从战败后，我们一直在祈祷，不要再发生这样的事——日本的自卫队会与美国同心协力，为参加战争而进行各种准备的。渡边一夫所担心的"人为的灾难"将成为现实，殃及你们这些"准边缘人"了。

不过，比起先生所感到的不安来，这四十四年来渐渐明晰起来的，就是先生所说的"准边缘人"中的女性的力量，在日本社会的各个方面明显增强了。

3

二十四岁时看的渡边一夫的这篇文章，给我留下了非常深刻的印象。最让我的心怦怦直跳的，就是我真的是"一无所知"这一点。

我的心怦怦直跳是由于不安。那么，当我意识到自己是"一无所知"的年轻人后是不是变得谦虚了呢？并没有。我像一般年轻人那样，想要从不安的心境中摆脱出来。那时我已经在写小说，发表小说了。总之，我必须打起精神来。

我就对自己说：

"不错，我的确是'一无所知'的，所以从今往后，要为学习新的知识而努力。"

然而，我想反正早晚有一天能做到的，就往后拖延了下去。这正是我的慢性子的表现。这个"早晚有一天"很成问题。因为具体的目标很模糊，既没有设定一个期限，也不清楚学习多少知识算是有知识。

作为年轻人，我觉得自己看了很多书。但是，我没有制定目标来看书，比如围绕某一主题，选择哪几本必须读的书，全部读过之后，能够对这一主题提出自己的看法。

我大学时读书只不过是小时候读书的延长而已。不同的只是自己买的书增多了。

我看了一本书，觉得有意思，就一本接一本地看这个作家的书。看的过程中，发现了自己也同样感兴趣的领域时——例如法国小说家的作品——就从中找出下一本想要看的书。照这样看下去，永远也到达不了终点。

只有一个读书的方法，前面我已经提到过，是我小时候从母亲那里学到的。实际上，与其说

致新人

是学到的，不如说是受到母亲训斥，硬着头皮改变的读书法……

妈妈听我说公民馆的书都看过了，这个村子里已经没有书可读了时，就把我领到公民馆去，从书架上一本一本取出书来，问我，这本书上写的是什么？

见我回答得含含糊糊，就说：

"你是为了忘掉才看书的吗？"她的表情是那么难过和失望……

从那以来，我养成了一个习惯，每看一本书，都要在卡片或本子上写下书的内容。我还颇自负地想，自己还年轻，早晚有一天，读过的书会堆积起来，变成很多很多知识的。

4

当我打算大学毕业以后，不去公司或学校就职，以写小说为生时，曾经去找渡边先生商量过。那天，先生给了我一个笔记本，只写了十几页字，是战前在巴黎买的，很漂亮。先生说，不嫌弃的话，你就用吧。我打开笔记本一看，非常吃惊，

要是年轻人能知道！要是老年人能做到！

因为上面写着这样一句话：

"我的人生是半途而废的。"

先生以法国十八世纪的作家拉伯雷为中心，一边翻译拉伯雷的一本很厚的书，一边从拉伯雷所生活的时代出发，研究真正的人应该是什么样的这一法国思想。在任何人眼里，先生都不是一个半途而废的学者。我感到害怕，连他都这样看自己，我又该怎么做呢？

见我这么泄气，先生教给了我贯穿一生的读书方法。

"光写小说很无聊。要认定某一个作家、诗人或思想家，连续三年阅读这个人写的书以及有关他的研究。"

先生还说：

"你既然要当小说家，就没有必要当专门的研究人员（意思是这是不可能的）。第四年，向新的课题进发。"

对我来说，只有母亲和先生的这两个方法是最有效的。

5

最后，谈谈关于要是年轻人能做到这个问题。
我年轻时，虽然对于学习自己不知道的知识很有
热情，但是，对如何在行动上去改变自己生存的
社会这方面是不太积极的。

而且，我现在已不再是"准边缘人"了，但
实际上，到了必须负起社会责任的年龄时，我的
行为中心也只是趴在桌子上写文章。即使和现在
这个国家中有实力的、在议会中决定国家命运的
人们同年龄或更年长时，我还会这样做的。

"难道说日本和日本人的这种发展方式是正确
的吗？难道我们不应该认真思考如何才能造福于
社会，并且为了人的尊严，即使受苦受难也要去
做吗？"

一直以来我所做的，仅仅是将这些疑问在杂
志和报纸上写出来，在演讲里讲出来。

我甚至想过，在先生的笔记本上写的"半
途而废的人生"这句话，是不是对我的人生预
言呢？

从大使的讲话中得知，在联合国救助难民的机构里做出了杰出贡献的绪方贞子女士也得到了和我一样的法国勋章时，我仿佛看见头发已经花白的自己，正站在小时候的自己旁边，从草坪那边的树荫里好奇地看着我。

　　于是现在，我把那个古老的谚语改成了"要是年轻人能知道！要是年轻人能做到！"。

　　在这些能够知道和能够做到的年轻人身边，必须站着小孩子，也必须站着老年人。我衷心希望，这个完整的"我们"会去了解自己生存的这个社会和世界，也会为了使之向着更加美好的方向发展而付诸行动的。

致新人

忍耐与希望

1

去年春天，我在京都一个寺院举行的"悼念所有战争死难者法会"上发表了一个演讲。这个法会是为了纪念在战争中死去的所有的人——不分敌人还是朋友，也不分士兵还是平民——举办的。我很赞同这一做法。我不是佛教徒，所以就不写明是哪个教派的寺院举办的了。

在演讲最后，我讲到了我曾在《写给孩子们的卡拉马佐夫》这篇文章中引用的阿辽沙的"石头旁的演说"，请大家有空读读那篇文章。我是这样讲的：

> 我认为，我们现在应该和巴勒斯坦人民

携起手来。你们听了我的演讲，再通过电视和报纸获取各种信息——你们之中有人熟悉网络吧——得出自己的看法之后，对你们的朋友这样说："我认为大江先生的意思是说，人们应该把巴勒斯坦人民所受的苦难当作自己的苦难。"

听你这么一讲，可能有人会嘲笑你，即使没有人嘲笑，从正面来谈论这件事也是需要勇气的。

在我们这个国家，假设我在电视上讲了上面的话，有个名叫萨义德[1]的文学文化方面的优秀理论家，他作为巴勒斯坦人也很痛苦。拥有强大军队的以色列与主张抵抗以色列、夺回被以色列夺去的自己的东西（萨义德说的是包括土地在内的各种权利都被夺走了）的人们，这样对立的双方目前正在进行

---

[1] 爱德华·萨义德（1935—2003），著名文学理论家与批评家，巴勒斯坦立国运动的活跃分子。出生于耶路撒冷的一个阿拉伯基督教家庭。在哥伦比亚大学等大学担任多年英语和比较文学教授。

争斗，具体该如何解决，并没有明确的主张可循。他自己虽然抱有远大的理想，仍然无法说服巴勒斯坦领导人去相信他。

萨义德对于巴勒斯坦方面的"人体炸弹"一贯持反对态度。几天前，一个十八岁的少女做了"人体炸弹"。她当然死了，许多以色列市民受了伤。萨义德虽然反对这样做，但他怀着比一般人更深的痛苦说：

"可是如果没有这件事发生，恐怕世界不会了解这里的情况吧。"

他就是这样满怀痛苦地寻求解决之策。不停地将此时此刻发生的情况告诉给全世界。我想要和他这个人挽起胳膊来……

在看电视的人们中，可能会有人嘲笑说，一个日本的小说家能干得了什么？的确如此，但是我认为这样拿出勇气来讲话是必要的。阿辽沙的演说中有这样的话：那个少年喊道："我要为世界上所有的人受苦。"少年这话可笑是可笑，然而，冷笑着说"小说家能干得了什么"，难道就正确吗？被人讥笑也无所谓，鼓起勇气，说出自己要为全世界的人受苦的孩子，我认为这才是希望之所在。

2

我是在京都那个寺院的大堂里演讲的。大堂中央供奉着佛像，这里是和尚和信徒们拜佛的地方。这地方使我想起了小时候在寺院里感受到的可怕的肃穆气氛，所以我演讲时一直很紧张。

演讲之后，还是在寺院里，换了一个能召开国际会议的大厅，和一些听了我的演讲的年轻人开了个研讨会，其中包括日本的初中、高中生，韩国和中国的留学生。我的紧张感略微松弛了一些，能够对年轻人的发言说出自己想说的话了。

接下来是听众提问。我认为有必要认真回答一位女学生——大概是大学生——的提问，她是针对我的演讲提问的，但是她对演讲存在着一些误解，我想要给她纠正一下。我在美国和德国演讲时，喜欢提问和回答问题的时间充裕一些，因为这样的话首先可以消除误解，加深相互理解。

那个女学生讲了她自己对于纽约恐怖袭击事

件之后，美国进攻阿富汗，而包括日本在内，世界上许多国家协助美国一事的看法。她也知道有人对因袭击造成许多死难者持批评态度。她还说日本能够帮助阿富汗今后的重建做出努力，令人高兴。

曾经强权统治阿富汗的塔利班势力受到攻击后，从许多城市撤退了。过去在塔利班政权下没有接受过良好教育的妇女有了光明和希望。这些都是以前仅仅依靠口头上批判塔利班政权的人们未能做到的。难道不是这样吗？

女学生这么说，也是在对我的发言提出质疑。即我所说的，大规模的空袭和战斗是破坏性的，全世界人民难道不应该寻求除此之外的其他解决方式吗？

她的意思是，只靠写文章、演讲，怎么能够使阿富汗妇女除去那块遮住脸的黑色长袍呢？

我理解这个女孩讲的话。像我这样的日本人，以及在美国写文章、演讲的人——女学生管他们叫作"知识分子"，我也在前面的文章中对此下了自己的定义——不能起到实际作用。对于这一批

忍耐与希望

评，我也同意——自己做不到的事，应该有自知之明。我只是想要不停地呼吁，能否以更加和平的方式，着眼于未来，去做每件事。

我在演讲中讲到过，萨义德认为，如果没有那个十八岁少女的"人体炸弹"的话，全世界恐怕就不会大量报道巴勒斯坦发生的事情。于是那个女孩认为，萨义德和我都是肯定这件悲惨事件的能量的。于是，我做了下面的解释，告诉她事实绝不是她所理解的那样。

3

我讲了萨义德对于"人体炸弹"一直是反对的。不言而喻，这次十八岁少女的悲惨事件深深刺痛了萨义德，他心情沉痛地说，如果没有那个十八岁少女的"人体炸弹"的话，全世界的媒体就不会像现在这样大量报道巴勒斯坦存在的罪恶和不幸了。

希望你们好好回忆一下，萨义德是彻底否定被认为是纽约恐怖袭击的背后指挥者本·拉登一派的。恐怖袭击事件刚刚发生后不久，萨义德就批判说，阿拉伯人有着许多不同的派别，其中这一派的思想行动是偏颇的，对于未来没有认真的展望。

我也认为，十八岁少女的行为动机与其他那些"人体炸弹"应该是完全不同的。本·拉登在录像中说，那些重大的"人体炸弹"实行者，都是被他们所信奉的神接走了。

而少女在遗书中则表明自己并不是为了宗教的信仰去死的。她想到了今后在地球上生活的人应该做的事。萨义德最希望的是要那些像这个少女一样的年轻人生存下去，为了巴勒斯坦的明天而工作。他讲那些话时，心情一定是非常沉痛的……

4

回到东京后，一位在寺院里听了演讲的以色列年轻的母亲给我来了封信。信里说，你看过巴勒斯坦的孩子们学习的教科书吗？住在以色列的父母整天提心吊胆地过日子。自己和孩子回到以色列后，也将面临同样的处境。我为你和萨义德

忍耐与希望

持同样的观点感到遗憾。

于是我写了一封回信，再一次解释萨义德对那件事的看法。我还在信中说，但愿自己也能感受到萨义德悲伤愤怒的心情，并针对目前我国有关巴勒斯坦的报道中，人性的情感表现消失殆尽这一点讲话，写文章。

我还有话要对那位女学生和以色列的年轻母亲——她们都是看过我的小说的研究者——以及看我这篇文章的读者再说一遍。

萨义德一直致力于周密而深入地分析我们生活的这个世界、这个时代的文化和国际形势，且成果卓著。此外，我还要告诉你们另外一件事。我们是多年的朋友，他一直在我心中占有重要的位置，还因为他正在与白血病做着不懈的斗争，每年都在接受痛苦的治疗。

这位萨义德在世界上没有人能够预见能否找到巴勒斯坦和以色列和解途径的情况下，仍然坚韧不拔地表述自己的愿望，对此，日本的媒体抱着冷漠的态度——尽管没有嘲笑——说他是在痴人说梦。但正因为如此，才更加令人感动。

在寺院演讲之后，我从网上看到了一篇开罗报纸上刊载的萨义德写的文章，其中有这样一段话。

问题是，在这非常困难的时期，我们如何从目前的危机中理性地学习些什么呢？什么可以成为我们的未来规划的一部分呢？

面对以色列的排外主义和好战性，我们的回答是"共存"。这不是让步，而是创造联合。通过这样做来孤立排外主义者、种族主义者以及原教旨主义者。

文章是这样结尾的：

作为巴勒斯坦人，我们从想要抹杀我们的种种尝试中活了下来，保存着我们的理想和社会。这些才是意义之所在。只有由此出发，怀着批判的、理性的、希望与忍耐的态度坚持下去，才能造福于我的孩子们和你的孩子们。

忍耐与希望

虽然我是考虑到年轻人的接受能力来翻译的，但里面还是有一些难懂的词汇。不过，我想你们一定能感受到萨义德对巴勒斯坦的孩子们、对以色列的孩子们，以及对包括你们在内的全世界所有的孩子们的殷切期望。

萨义德曾经阅读过我的作品，在此我再谈一点儿个人的想法。

我的小说中最早翻译成外文的长篇是《个人的体验》。这是以光出生后的感受为背景写成的。年轻的父亲为怎样对待天生的残障孩子而烦恼、痛苦，甚至想要逃避到什么地方去，最终，才下决心要和这个孩子一起生活下去。

在小说中，我还描写了年轻的父亲脑子里浮现出了"忍耐"这个词的场景。英语是forbearance，和萨义德的那篇随笔一样，我的这部小说也是以这个词来结尾的。

写这部小说的时候，我在实际生活中也是决心和有智力障碍的孩子一起生活下去。因为我同样感觉到这需要依靠"忍耐"的力量。四十年过去了，现在光是我们家的中心。没有与他的共存——萨义德使用的是conexistence——就没有我的所有小说和随笔。

那时候，我脑子里想的只是忍耐，而现在我还看到了希望与之同在。相信看了我那些作品的读者，也能从我写的一系列文章中感受到和光的共同生活带给我和我的家人的充实与喜悦了吧。

我坚信萨义德所说的，由此出发，只有怀着批判的、理性的、希望与忍耐的态度坚持下去，才能带来光明的前景。

光给我们送来了音乐。我们没有理由不相信，萨义德的孩子们为了补偿父辈们的痛苦，回赠给我们的一定是美好的、令人鼓舞的东西。

忍耐与希望

生存练习

1

　　连我自己都没想到，这些年来，只要一写文章，就会止不住地回想起我小时候去世的父亲所说的话、所做的事。

　　这使我联想到，除了以后会和我们一起生活的有智障的长子光以外，孩子们都已经离开了家，我自己作为父亲，有没有说过使他们印象深刻的话，做过使他们印象深刻的事呢？我甚至不安地想，说不定自己也说过伤害他们心灵的话，做过伤害他们心灵的事呢。

　　我时常想起，每年夏天，全家人去北轻井泽的事。有一段时间，女儿想要和叫作"暄软娃娃"[1]的小女孩待在一起。二儿子总爱模仿一个好像是漫画里的名叫"博士"的小老头科学家说话，开口闭口就是：

"我的科学中，没有不可能！"

一个雨天，我给他们讲了"暄软娃娃"和"博士"的新冒险故事。大致内容是，在森林中，"暄软娃娃"遇到了坏蛋，被打得身体快散架了。

那时候我还年轻，总觉得有一块黑乎乎的疙瘩，坠得心里沉甸甸的。不过，"博士"理应立刻跑过来说：

"我的科学中，没有不可能！"

可是女儿哭喊着抗议，二儿子也跟着喊，所以我没能讲到"博士"把"暄软娃娃"修理成了崭新的女孩子。每当我想起那个夏天的下午，就感到说不定自己才是破坏了孩子们内心最宝贵东西的坏蛋呢。

_____

[1] 日本动画片里的人物。

2

我记得二儿子一开口学说话，就很符合语法规范，而女儿总是很不耐烦地说：

"哥哥说话老是跟做文章似的！"

还是在那个山上的小房子里的时候，我们住的大学村正在修路，和森林的间隔地带上挖了很深的大坑。散步时，走在一家人前头的二儿子，边走边想着什么。我担心他掉进坑里，可是，越是这种时候，我就越说不出来。依照二儿子的个性，我多半会得到这样的回答：怎么跟管小孩子似的，还担心我掉进坑里呀。

我就没有提醒他。结果，二儿子掉到坑里去了，掉下去的同时，他叫着：

"啊，我掉进坑里啦！"

后来，这件事成了我们家的谈资。不像《爱丽丝梦游仙境》里那样坑很深，二儿子后一半叫声已经是重重地掉进坑里之后的感觉了。然而，掉进坑里去时，二儿子实况转播般的声音和他的姿势重叠在一起，时常浮现在我的眼前。

致
新
人

128

说不清是二儿子说的，还是女儿说的，反正他们说的一些话留在了我的记忆中。一次，全家人在家里看电视，画面里有人在小溪里钓鱼，然后又把鱼小心翼翼地放回水里。去山上的小房子里住的时候，我也钓鱼，不知钓的是鲑鱼还是鳟鱼，为了让长子吃，我每天都钓一条回来，这已经成了习惯，我常想，那些鱼被攥在手里那么长时间，即便放回水里还活得了吗？

　　坐在我旁边的两个孩子中的一个说：

　　"这是训练它的生存能力吧。"

　　另一个孩子接过话茬，同情地说：

　　"可是被训练生存能力是很难受的。"

3

　　难道说有智障的长子和我之间必定是孩子和大人的关系吗？现在我的心和他的心是相通的。无论什么时候，我们俩之间都是互相对等的关系。

　　有一次，妻子对长子说：

　　"以前，出门的时候，你爸爸经常背着你的。去听音乐会时，有一段很长的台阶，你们俩就好

生存练习

129

像一头熊背着另一头熊在一步步往上走！"

"是的，我背着爸爸。"光很镇静地回答。

我也加入进去慢慢给他讲起来，这才发现原来光并不认为是被我背着。也许是光对背着这个动作的理解有问题。于是，妻子就花了很多时间画了一张画儿，画的是一个很像光的年轻人被我这个父亲背着的情景。可是，光看了画儿之后仍然说：

"是的，我背着爸爸。"

"这么说来，我好像也感觉是被光背着似的，所以在别人面前我才表现得那么自然。被儿子背着呢，有什么办法呀。我那时候，就是想要对周围困惑的人这样解释的啊。"

最后，我也这样认可了。

4

父亲和有智障的孩子之间的关系一般来说都是这样对等的吧？我看了中国电影《洗澡》之后，就产生了这样的想法。

是女儿发现了这部好电影，告诉我们的。她

去看了两次了。我们终于等到了光盘出版，才看到的。

这部电影的中心人物叫二明，是个有残疾的青年。其他人演得也很好，尤其是演二明的演员，实在演得太好了。

我们家里有残疾人，所以对有残疾的青年和姑娘出场的电影很关注。以前我和妻子最喜欢的是《雨人》中扮演自闭症——也叫作"阿斯伯格综合征"，即具有某一方面特殊才能——的达斯汀·霍夫曼。

我猜想达斯汀·霍夫曼一定观察了各种自闭症患者不同的个性，从表情到动作，以至某种运动方式等，他都演得特别生动传神。《雨人》上演后，我去长子干活的残疾人职业培训福利院接他，和智障者的母亲们谈起这部电影时，一位母亲动情地说：

"达斯汀·霍夫曼是我的儿子。"

我国电影导演拍的表现智障者的电影，即使是世界知名的导演，也是偏重描写他们忧郁痛苦的一面，看了之后，使人感觉压抑。当然智障者

生存练习

131

有时的确是忧郁痛苦的，这一点我们一家人深有体会。但是，有智障的孩子有其令人感动的善良、开朗和人情味的一面。这些通过他们的表情和动作体现出来，给了我们全家莫大的鼓舞。

《洗澡》里的二明可谓表现得淋漓尽致。二明和父亲在北京的街上经营一家澡堂。这是个旧式的澡堂子。父亲又是搓澡又是按摩地忙活，经常来洗澡的熟客们个性风趣，二明负责打扫卫生，干得也很愉快。

有位客人喜欢一边淋浴一边大声地唱《我的太阳》，另一位生活不顺心的客人，心情烦躁，就把唱歌客人头上的喷头关上，歌声立刻停止了。一天，街道上演节目，当这位客人站在麦克风前演唱《我的太阳》时，由于头上没有喷头怎么也唱不出来，这时，二明找来浇水用的胶皮管，朝他头上一浇，结果《我的太阳》博得了观众的一片喝彩。

二明的哥哥从新兴产业昌盛的南方回来探亲，去买返程的机票时，二明飞快地一把抓住他的胳膊，说"我跟你一起去"。有时，光也有这种动

作，他一般不太插话的，却很注意听。可见这位
演员观察得很细致，表演也很到位。

可是，二明在机场迷路了，哥哥实在找不到
他，只好又回来了。客人们都很担心，平时经常
夸赞长子的父亲也很生气，责怪他怎么会把那么
大的一个人给弄丢了呢？其实父亲也知道不该这
么说……

夜深以后，二明靠着小时候就一直使用的方
法，用木头片划着街道房屋的墙壁走，平安回到
了家。

5

这个情景使我很感慨，因为我也有着同样的
回忆。

光还在养护学校上中学的时候，我要去东京
站接一位坐新干线来的亲戚。每当这种时候，光
总是飞快地跑出大门。我和光出发了。我在新干
线进站口买票的工夫，光不见了。结果我在东京
站整整找了半天。

中途加入寻找的妻子，虽然嘴上没说什么，

生存练习

133

但我知道她心里一定在埋怨，怎么把那么大的一个人给弄丢了呢？一想到这儿，我就越发垂头丧气了。

这种时候我总爱往坏处想。光大概坐车去了很远的地方，要是在某个车站下了车的话，就再也找不到他了。我懊恼地想着，在人群中转来转去地寻找着。

天黑以后，我们终于发现了光站在"光号"站台上，望着开始飘落的雪花。我以为光没有车票，进不了新干线站台，所以一直在其他站台上寻找。没想到，光以"不可思议的力量"进了站，他记住了"亲戚坐新干线来"这句话，就在那儿等了起来。

6

《洗澡》里智障的二明自身所产生的"不可思议的力量"和他内心的不安、憧憬，都被演员深刻地表现了出来，表演里充满了爱。

因父亲突然死亡，澡堂停业了，不愿面对这一事实的二明照常在干活。看到二明终于能够面

致
新
人

对发生的事，抱住哥哥哭泣的镜头时，我们都感动不已。我想象着，我不在了以后光和弟弟、妹妹一起重新生活下去的情景。

我到了现在这个年龄才刚刚明白，小时候不用说了，一直到长大成人，自己其实也是时刻在进行各种各样的"生存练习"，以应对新的事态。随着年纪的增加，以前的生活经验和智慧重叠起来，往往意识不到自己在进行"生存练习"。而且从某个年龄开始，只有把以往的生活习惯彻底清洗掉，才算是与年龄相符的"生存练习"。

依我看，为了这个练习，读小说、看戏剧和电影是很有用的。甚至可以说，小说、戏剧和电影正是为此而存在的。我也是以此为目标在写小说的。

7

小时候，我听不懂大人说的话里那句"打发时间"。我不明白，连小孩子都这么忙，大人怎么会有必须打发的"时间"呢？他们真的有那么多不知该怎么打发的时间吗……

我小时候，放电影的偶尔才来乡下，戏剧也
是一年才能看到一次，所以我只知道看书，但是，
我给自己定了一个原则，那就是：
　　"决不为了'打发时间'而看书。"
　　　　　　　．．

慢读法

1

你们看过"速读术"或"快读法"这类书的广告吧？我常常想，这种书对于年轻人，尤其是小孩子来说不会是好书。

我想，这种书是那些从小到大一直没有养成读书习惯的人，出于某种理由不得不读书时才要看的吧？

成人之前没怎么读过书的人，有时为了改变自己，会变成爱看书的人。但是，我认为，正是这类人，更不应该运用从"速读术"一类的书中学来的方法，在某段时间里集中看很多的书，而是应该慢慢地扎实地读书，在今后的人生里，作为真正的读书人而生活。

2

一位有名的女播音员，停下工作，去美国的大学学习了一段时间。她在学习期间陆续写了一些文章登在报上。我看过这些报道，说她每星期要看五六本厚厚的新闻工作方面的论著，并写出小论文，在班里讨论。

我不认为她在撒谎。但是，为此她恐怕需要"速读术"或"快读法"吧。美国也有这种书，其实美国才是这种方法的原产地。

我也在新泽西州的大学讲过一年学。我首先要写叫作"教学大纲"的东西，就是将授课的内容事先告诉学生。写的时候我向同事请教过，到底让学生读什么书，读多少本合适。可是，我还是觉得要求学生读的书太多，所以，开始授课以后，我征得了学生的同意，看了那位教授带的学生写的小论文。

看了之后，我很失望。这个大学集中了很多爱学习的优秀学生，他们都非常努力。但是，参加班里讨论的学生，都没有从头到尾通读作为教

致新人

材的书。美国大学出版发行的专业书里，都附有详细的索引。想必他们都是依靠索引，只看有可能在班上讨论的内容。

以我的能力，一个星期不间断地看，也只能看完一本英文专业书。但丁的《神曲》是那个星期班上讨论的主题，这是我感兴趣的内容。因此，我讲了有关自己读过的研究论文中，觉得有意思的地方和有疑点的地方。结果，只有那位教授能听明白我在讲什么。原来，这个班里没有学生想要当但丁研究专家……

索引对于将好几本书比较着读，在短时间内了解事实和观点是方便的。但是，依靠索引的读书方法，是仅仅选取对自己有用的部分的读法。当然，真正走上社会参加工作的大人，由于工作需要，有时候确实也会只选取有用的地方来读。

可是，一本书，并不应该只选取有用的地方来读的，而是要将自己整个地投入那本书里去读。并不是说所有的书都是这样的，但是，尤其是年轻的时候，遇到特别重要的书时，应该这样来读。利用索引，只挑选需要看的部分来读书，是不可

慢读法

能遇见能决定你一生的重要的书的。

我前面写了《写给孩子们的卡拉马佐夫》这篇文章，就是为了按照我的文章读了这部小说的人，年轻人也好，大人也好，日后慢慢读整本书做准备而写的。

靠着索引，挑着读，是一种自己把自己今后正面接触那本书的路堵死的做法。这是多么不幸的事啊，竟然把那么重大的东西给放跑了。我不禁有些害怕了。

3

年轻人，尤其是孩子，读书的时候应该抱着什么态度呢？我从自己的经验中得出答案，就是慢慢读。这是真正的读书方法。虽然回答很简单，但是，为了做到这一点，一定要培养慢慢读书的能力。实际这么做的时候就不那么简单了。

我自己小时候就喜欢快读书。有一次，母亲问我书的内容，我回答得含糊不清。从此，我就意识到了书是必须慢慢读的。

可是，还是慢不下来，我就想办法训练自己。

致新人

有的书特别有意思，怎么也慢不了，没办法，我就把书分成快读的和只有慢慢读才能领会的两种，同时阅读。

我记得，刚开始的时候，这种读书法使我招致了新制中学二年级学生的欺负。

我还记得当时作为慢慢读的书是岩波文库的《托尔斯泰日记摘抄》。其实我也觉得没有意思，可是既然开始看了，就想要把它看完。所以我经常把它揣在口袋里，有一点时间就拿出来看。由于觉得没有意思，每次只能看上几页。就这样，时间短的时候，我就看这本书，时间充裕的时候看有意思的书。

我总是把那个文库本带在身上，引起了班上一个高大同学的兴趣。一天，快要上课时，老师还没有来，他让同学按住我，从我的兜里翻出文库本，大声说道：

"还在看这本哪！"

过了不久，这种奇妙的欺负传播到了教员室。有位老师管我叫没出息的孩子。其实，对于同学从我身上翻书、说怪话，我并不生气，可要是他

141

们把书扔到运动场的水洼里去的话，我就打算反抗了。

比这种欺负更让人痛苦的，就是把这一小本从托尔斯泰日记中摘抄出来的书看到最后一页。我虽然是中学生，靠着一点点积累的理解能力，也感受到了：原来了不起的人就是这样观察、思考，把看法写下来的。意想不到的是，有的地方写得连孩子也喜欢看。可是，由于我总爱看着看着书，就抬起头去想别的事，结果，还没看完一页，又把书放回兜里去了。

一边读着书，一边又去想别的事，自己也意识到这是个缺点。但很长时间以后，我渐渐发觉，虽说是缺点，或许也有好的一面，而且不管怎么说，这就是自己的性格……

刚看一会儿书，我就会被书里的一个词所吸引，于是，从我在树上自己搭的小木屋里朝河对岸的森林望去，开始了空想。

长大以后，我在外国文学家写的随笔中看到这样一段描述。"我坐在电车里，对面的一个少年看一会儿书，就抬头看着外面的景色思考一会儿，然后眼睛又回到书上来，静静地读下去。这是多好的读书方法啊……"

我并不是认真地思考书里的内容，而是呆呆地空想着其他事情。不过，感觉自己和这个电车里的少年有着很相似的地方，我心里很高兴。

上中学时，我为了改掉爱走神的毛病，真的下了番功夫。我拿着红铅笔——那时候，红蓝铅笔容易断芯，所以用得很小心——在觉得很重要的句子下面画上线。

用红铅笔画线的部分，是认真地读了两遍的地方。也可以说，我是在读第二遍的时候继续往下读的。难懂的地方，尽管是一点一点地，也进了脑子。这比起读完之后，又想看看那部分是怎么回事，再返回去重读省事多了。画了红线，一来好找，二来通过二次阅读，也训练了忍耐力。

这种忍耐力很重要。看外文书时，达到一定的阅读速度时就会知道，即使某一两行的意思不太明白，也会跳过去继续读。且不说母语日本语，不管英语还是法语，文章里都有着推动你快速往前读的力量。

看电影的时候，这一点更明显了。认真拍出来的电影具有推动看电影的人跟着银幕上的故事情节往前走的力量。即使你觉得，啊，这个地方不太明白，电影照样会演下去。能够停下来，倒回去再看一遍，是在出现了录像带之后了。

按说读书时的推动力来自读者自己，但是，写书的人也具有像体育教练那样，促使我们这些读者扎实地读下去的力量。

因此，有时候即使遇到不怎么明白的地方，我们也会轻松愉快地被文章的内容推着往前读。而且，就这样读着读着，读到某个地方时，刚才不太明白的地方，忽然全明白了。很像在攀登迷雾中的山路时，那一瞬间露脸的晴天，不仅使得脚下这块地方，就连刚才爬上来的路线都尽收眼底了。

遇到不太明白的地方，还继续往下读的时候——特别是外文书——能这样柳暗花明是很幸福的。年轻的时候，我常常品味到这一点。我看的英语或法语书，主要是小说。逐渐读得快起来时，查字典都嫌麻烦了。于是，也不查字典，以自己觉得舒服的速度读下去。

实际上，读到最后就会明白，那个部分原来是这么回事啊。其实就是这样的。再多学一点外语之后，就不仅仅是为了兴趣，而是为了准确读懂这个小说家才重读作品。这时，才能深切感受到原来的读法是那么浮浅……

4

慢读的自我训练，对于不慢读就读不懂却又真正想读的书来说是必要的。

这种书由于读得慢，所以总是读不完。最不好的是半途而废。如果太难了，怎么也读不下去时，可以暂时先放进过一段时间之后再读的书的箱子里，并且经常试着读读看。

如果非常难懂，可还是觉得现在读这本书非常重要的话，即便是短时间，要做到每天读——这个每天也很重要——一点儿一点儿读下去。要锻炼自己这么去做，这个时候，我倒觉得很需要"迟读术"或"慢读法"之类的书了。

还有，慢慢读书的能力应该是从小开始培养

的。我还想说，培养这个能力的时间，小孩子也比大人多得多。

唯有做"新人"

1

　　我是按照《在自己的树下》的写法来写这本书的，画插图的妻子和我都没有想到那本书会有这么多的读者。我想要再写一本书，给同样的读者看，也就是那些可以叫作孩子的人以及年轻人，还有孩子的妈妈们看。

　　再写一本书，这件事对我这个作者来说是很重要的。刚才提到的那本书是把我小时候做的事、想的事、看的书等愉快的回忆，以及恐怖的悲伤的等更加复杂的感受，尽可能如实地写下来。

　　尽管如此，书出版以后不久，我又想把某个地方再改得深刻一些，更有意义一些。要想实现这个想法，就得再写一本书。

妻子虽然成长在不同的家庭环境里，却也是和我同时代度过少儿时期的人，她在愉快的回忆中花了许多时间画出来的画，我想是那本书受欢迎的重要因素。妻子从很小的时候就特别喜欢画画，但是，她并没有为了当画家而专门学习过。

和我结婚后，很长一段时间里，妻子既没有去文化中心学习绘画，也没有结交绘画的朋友。

实际上，我开始注意妻子的画，是在智障儿子五六岁时，在我发现他对妈妈画在卡片上的东·西、人物特别感兴趣以后了——当然不是我让她·画的。光过生日时，妻子将光喜欢的乐器、野鸟、光的妹妹等等，画在我看书用的卡片上，并把它们贴在起居室的门上。

从那以后，家里所有人过生日时，都把卡片贴在那里。过了几年，我请妻子给我的文章画插图。那次是为了给一个面向医生的季刊写随笔——这个刊物是某财团为资助日语法语互译工作而出版的——因为需要彩色插图，我就想到了妻子的画。

妻子接下这个任务后，一幅水彩画要画两个

星期——同时要做家务——她画了花草和孩子们。
妻子的哥哥是电影导演伊丹十三，也画得一手好
画儿。他曾经叫着妹妹的小名说：

"阿由的画儿里，自有她的风格。"

我对伊丹说：

"由小姐（这是我的叫法）好像一直在回忆小
时候见过的东西。她小时候，第一次看到什么时，
一定也是目不转睛的吧。平时，即使没画画儿，
也是这样努力准确地回忆，所以，脑子里就有模
式了。她是在花时间把它们复制出来。"

我能够马上做出解释，是因为我有时也和她
差不多。小时候，我发现没有刮风，树叶也在晃
动。由此我认识到，无论看东西还是景色，不仔
细去看，就等于什么也没看。

我为了确认自己是不是仔细看了，看过后，
就马上在脑子里用语言进行描绘。这已经成了我
的习惯，现在我有时也会这么做。

我每星期去游几次泳，已经持续了快四十年
了，我常常一边游泳，一边把途中所见所想自言
自语地说出来——反正在水中，谁也听不见——

以至于旁边看我游泳的教练，要纠正我的自由泳姿势，对我说：

"要像螃蟹那样吐泡儿啊。"

就这样，我也在不断地形成、改变着自己的写作风格。

2

我想要再写一本书的时候，制定了新的方针。就是首先弄清楚，要传达给读者的最根本的信息是什么，然后再开始写……

这个信息，是这十年来，我在游泳的时候反复念叨的话，将它们凝聚成一句话就是：希望你们这些孩子和年轻人都要做"新人"。

希望你们至少能朝着"新人"的方向努力。希望你们在自己的心中勾画出"新人"的形象，行动上朝着那个目标接近。小时候努力这么做和不这么做，会使我们的生活方式变得完全不一样。

我还想要强调的是，希望你们不是把"新人"这个词，作为"新"/"人"这样两个词的组合，而是作为不能分开的一个词"新人"，牢牢记在自己的心里。

总而言之一句话，我想说的是，世上有各种各样的人，他们每个人的生活方式都有其各自的意义，这一点儿没错。但各种各样的人里面没有"新人"这个种类，因为"新人"并不是与"和蔼的人""美丽的人"或"聪明的人"并列的。所谓"新人"，是和其他的存在方式不能比拟的独特的东西。

对上面的解释我自己也觉得不太满意。也许有人会说，作者自己想说什么都不知道吗？我只是希望大家，现在至少要把"新人"这个词牢牢记在心里。这样的话，你会在今后的某个时候真正了解到：啊，"新人"原来就是这样的人啊。

而那时，你就朝着"新人"的方向迈进了一步。

3

我第一次见到"新人"这个词，是在《圣经·新约全书》的保罗的信里。我不会希腊语，说不上来这个词的语源是什么感觉的词汇。在

唯有做『新人』

英语和法语的《圣经》里，分别译成new man和homme nouveau，所以我不清楚按照日语《圣经》里的"新人"的字面意思去理解是否合适。

我遇到这个词的《以弗所书》中是这样使用的。基督体现和平，于是将对立的两个东西，通过他自己挂在十字架上的肉体，制造出一个"新人"来。这样一来，基督消除了敌意，达成了和解……

我所描绘的"新人"，就是给这样尖锐对立的双方带来真正和解的人。而且，我想象他们是为了成为在我们生活的这个世界上建立和解的"新人（们）"而存在的人，并且不断将"新人（们）"的形象传递给自己的子孙，永不放弃这个希望。

《以弗所书》是在耶稣基督和他的门徒以及其他人一起生活的地方——犹太民族和别的民族互相对立，充满敌意的地方——讲述怎样传播耶稣基督学说的信。保罗写了好多封这样的信，为了将基督教传播给其他的民族即异乡人而去各地旅行。最后，保罗被反对他的意图和行动的人抓住并处死了。

信仰基督教的人和虽然没有信仰基督教却一直读《圣经》的人都知道，保罗原来是镇压耶稣基督学说的犹太教一派的学者，但他后来完全转变成了坚定不移的基督教徒。

　　我不是基督教徒，关于《圣经》的知识也很少。被钉在十字架上的基督，通过自己的肉体将对立的双方制造出一个"新人"，带来了真正的和解。关于这些，我不能够讲得使大家完全明白。

　　我只知道，死在十字架上，变成了"新人"的耶稣基督后来复活并又向弟子们传教这件事在人类的历史上是多么的重要。

　　而这之中最重要的，是作为"新人"而重生这件事，其本质是永远活着的"新人"这一形象。

4

　　爱德华·萨义德在给我的信中说，他在思考巴勒斯坦和以色列的未来时，认为最重要的是对下一代的教育。我也是这样想的。我希望大家今后自己来教育自己成为"新人"。当然，教育应该是从别人那里接受的。但是我认为，其基础是自

唯有做「新人」

153

己期望得到这样的教育。我之所以这么想，是基于这本书里写的那些我小时候的经验。

自己期望得到这样的教育，是没什么经验的年轻人的幼稚想法，所以也会有错误，但这是能够通过微调来修正的错误。因为是自己的想法，所以这个错误本身会起到某种作用。我自己就经常愉快地回忆起，那件事做错了，但是很有意思。

我希望你们努力去做"新人"，并且不断努力地进行自我教育，做一个能够消除敌意、达成和解的"新人"。

"既然这么说，你自己去当'新人'好了。"

也许你们心里会冒出这样的抵触情绪。

说得不错，但是我已经是老年人了，我清楚自己是"旧人"，当不了"新人"。前年，看着九月十一日纽约恐怖袭击的电视画面时，我想的就是这些。

"新人"消除敌意，达成和解——以被钉在十字架上的耶稣基督为榜样——保罗就是这样思考的。距离保罗生活的时代已经过了两千年了，我们人类仍然没有做到这一点！其证据，全世界成千上万的人都从电视画面上看到了吧。

而我们这些大人，这个世界上的旧人，却以为依赖可能毁灭整个人类的核武器，就可以保持地球的和平。尽管如此，也有人坚持不懈地努力着，期望用很长的时间，一点一点减少，直到最终全面废除核武器。支撑这些人的行为原理中，肯定含有念念不忘广岛、长崎的原子弹造成的死难者的情感。

然而现在，由那场纽约的恐怖袭击开始，到阿富汗战争以及伊拉克战争的过程中，一直在进行以维护现在持有的核武器并使之随时可以使用为目的的亚临界核试验。现在美国又开始生产已中止很久的钚，用于制造新的核武器，这就是"旧人"世界的现状。

因此，我再一次使用这个单纯的词作为结尾，向大家呼吁：你们要做消除敌意、达成和解的"新人"，要把"新人"当作你们的目标。

因为你们必须做"新人"。

为了实现这个目标，无论怎么烦恼，你们首先必须活下去。被钉在十字架上又复活了的人，

两千年来只有一个，而建设今后的新世界所需要
的“新人”，是越多越好啊。

为孩子写的厚书
——为文库版写的后记

1

清晨，邻居还没有动静的时候我就起床了，喝完一杯妻子沏的咖啡，我首先要做的是，在餐桌上，给头天下午寄来的信件或传真里必须回复的写回复。遇到要用外语写回信的比较费时间，所以有时候在着手写当天的回复之前，我会在沙发上先休息好半天。

不过，一般情况下，写完两三封回信时，光就起床了，我跟他互道早安后，便开始写文章或读书，这已成为长期的习惯。而且在我的记忆中，那些日子每天都是在写信带来的愉快心情下开始工作的，以前的任何时期都无法与之相比。那段时间就是《在自己的树下》出版后的一年。

其中要数初中二年级学生的来信最多，这是因为一年级学生一般会这样想，给刚刚读过的书的作者写信是件很不容易的事（太不容易了），以前从来没有这样做过。而到了三年级，要忙于考高中，所以没有时间写，这也很正常。当然，虽说是极个别的，但我也收到过一年级学生写来的很有趣的信。我感觉这样的孩子毕竟是有特殊才能的人。而且这种具有强烈好奇心的人，会马上发现其他有意思的事情，所以，我回信之后，也不会再收到对方的第二封信了。这反而引起了我的兴趣，猜测现在那个孩子又迷上什么了。

2

紧接着《在自己的树下》（其实是两年后）出版了《致新人》后，依然收到了很多读者来信，让我想要早早起来写回信。不过，高中生或者初中生的母亲的来信成了主角。而且这些来信大多给人感觉心情平静，与《在自己的树下》的读者那种小树迎风摇曳般的感觉有所不同。看了这次文库版的校对稿，我作为作者，发现比起上次的读者来，《致新人》的确更偏重于写给年长几岁的人看，尤其是后面的三分之一，与其说是写给孩子们的，不如说是写给年轻的妈妈们看的。

而且我还知道了，自己没有以同样体裁写第三本书（没能写出来）的理由。作为写书的人，说实话，我觉得没有比这两本书更让我怀着愉快的心情写作，并对出版充满期待的书了。尽管如此，我也清楚地知道，写完这两本书后，自己已经没有以这样的体裁继续写下去的内容了。

这两本书的底稿，是在餐桌或起居室的扶手椅上写的（光在旁边听FM或CD的古典音乐，有时候自己作曲）。隔着圆餐桌，在我的正对面，妻子大抵在为写好的某一章画插图。我的习惯是，用两三天时间写好一个章节，再用一天时间修改。以这样频率写完这个随笔后，再回到长期写作的小说中去。

但是，妻子画一幅画要投入很多的时间。特别是给水彩画涂色的时候，无论对我还是对光或对光的弟弟妹妹，都漠不关心了。家里的人也都尽可能地不去分散妻子作画时持久的注意力。即便这样，当有什么事情我必须跟她说话的时候，妻子总是发出一声低沉的"嗯——？"作为回答。

即便不到妻子的程度，我自己在写作时也很投入，妻子在开始画图之前，先要看看我写好的文章，看到不容易理解的地方就给我指出来。妻子在这个过程中进行构思，然后开始作画，几天过去后，便进入"嗯——？"的专注状态，完成插图……

我觉得我们夫妻二人都发自内心地享受着这种重复作业。然而，《致新人》出版后，我们都没有再考虑合作下一本书。

3

关于这一点，妻子另说，在我是出于作为小说家、随笔家的个性。短篇小说的话，我一般不会在上篇作品的基础上，尝试写出下一篇作品。而长篇小说，我写了一次的主题，就不会再重复写第二次了。虽然传统的优秀小说家有时会这样写作，但是我做不到通过重复去深化主题。因为

致新人

160

我更想要探访新的场所。因此，《在自己的树下》作为面向孩子们的随笔，却成功聚集了成人读者，编辑希望我以这个写法再写第二本，于是同样请妻子画插图，开始了创作。虽然最初的三分之一是以同样的体裁写的，但是在一章一章写下去的过程中，以比上本书的读者更大一些的孩子们为对象的想法，在我脑子里渐渐占了上风。我想，要是看过《在自己的树下》的小读者，长大了两岁或三岁后，拿起《致新人》来看的话，应该会适合他们（或是她们）阅读的……

　　而且应该说，从这里我看到了尽管自己期盼着写出第二本，却不再考虑继续往下写第三本的理由了。我原本在一章一章写作《在自己的树下》时，曾经想象过阅读这本书的孩子们的教室。接下来寄给我的读者的信，使我的想象更加具体化了。

　　两年后，我开始写作《致新人》，当开始收到明显地成熟起来的小读者的来信时，我所想象的教室里的孩子们也增长了两岁。而且当我一章一章写作下去时，我所想象的教室里的孩子们，犹

为孩子写的厚书——为文库版写的后记

如记录真实成长的电影胶片快进一样迅速长大了，最终，连我这个写作者都渐渐地觉得，这本书是写给高中生或刚入大学的年轻人看的了。

甚至还有和孩子们一起读了这两本书的年轻妈妈们，宛如适合她们自己看的书似的，还给我寄来了对于书里那些文章的读后感。

4

我现在写作的，是意识到自己作为小说家一生的"后期的工作"真正接近了尾声的长篇小说。这部作品完成后，我打算花时间（像年轻时那样时间很充足的感觉已经没有了）写一本和迄今为止写给孩子们的文章不同的新体裁的"为孩子写的厚书"。

我小时候，从母亲和祖母，以及自古以来生活在村里的大人们听过很多（那个地方山谷和环绕四周的大森林这种受到局限的范围的）故事。从那以后很多年过去了，现在，每当回想起那些故事，我都会想：自己对于这个星球上的世界的感受方式和思考方式……最重要的是关于人的问题的想法，其出发点在于认真倾听了那些故事。

现在成为了老人的我，要模仿那些给我讲述故事的人，把自己在森林的时候开始，到离开森林后很长时间里也一直在收集的人的智慧，写出一本给孩子和仍然保持孩子灵魂的年龄层的人们讲故事的书。我梦想通过这些书籍，和读了这两本书的人们再度相会。

二〇〇七年七月

大江健三郎

为孩子写的厚书——为文库版写的后记